Джефф Кинни

ДНЕВНИК СЛАБАКА

собачья жизнь

ИЗДАТЕЛЬСТВО АСT
Москва

УДК 821.111-31(73)
ББК 84(7Сое)-44
К41

JEFF KINNEY
DIARY OF A WIMPY KID
DOG DAYS

Кинни, Джефф.

К41   Дневник слабака. Собачья жизнь : [повесть] / Джефф Кинни ; пер. с англ. Ю. Карпухиной. — Москва : Издательство АСТ, 2021. — 224 с. — (Дневник слабака).

ISBN 978-5-17-100716-4

Наступило лето, а Грег Хэффли сидит дома с задёрнутыми шторами и играет в приставку день и ночь напролёт. Это и есть, по его мнению, идеальные летние каникулы! Но что поделать, если мама Грега не одобряет его увлечений и пытается придумать «интересные занятия» для сына. Удастся ли ему настоять на своём или лето будет безнадёжно испорчено?

УДК 821.111-31(73)
ББК 84(7Сое)-44

Литературно-художественное издание (Әдеби-көркем басылым)
Для среднего и старшего школьного возраста (Орта және жоғағы жасқа арналған)

ДНЕВНИК СЛАБАКА
Собачья жизнь

Заведующий редакцией *Сергей Тишков*, ответственный редактор *Лианна Акопова*, технический редактор *Татьяна Тимошина*, корректор *Лидия Китс*, верстка *Юлии Анищенко*

Подписано в печать 11.03.2021. Формат 60×84 ¹/₁₆. Гарнитура «ALS Dereza». Печать офсетная. Бумага классик. Усл. печ. л. 13,07. Доп. тираж 3000 экз. Заказ № 10365.

Общероссийский классификатор продукции
ОК-034-2014 (КПЕС 2008); 58.11.1 — книги, брошюры печатные
ТР ТС 007/2011

Произведено в Российской Федерации. Дата изготовления: апрель 2021 г.

Изготовитель: ООО «Издательство АСТ»
129085, Российская Федерация, г. Москва, Звездный бульвар, д. 21, стр. 1, комн. 705, пом. I, этаж 7
Адрес места осуществления деятельности по изготовлению продукции:
123112, Москва, Пресненская наб., д. 6, стр. 2, Деловой комплекс «Империя», 14, 15 этаж.
Наш электронный адрес: WWW.AST.RU: Интернет-магазин: book24.ru

Өндіруші: ЖШҚ «АСТ баспасы»
129085, Мәскеу қ., Звёздный бульвары, 21-үй, 1-құрылыс, 705-бөлме, I жай, 7-қабат
Өндіріс орнының мекен-жайы: 123112, Мәскеу қаласы, Пресненская жағалауы, 6-үй, 2-құрылыс, «Империя» бизнес кешені, 14, 15 қабат.
Біздің электрондық мекенжайымыз: www.ast.ru
Интернет-магазин: www.book24.kz; Интернет-дүкен: www.book24.kz
Импортер в Республику Казахстан ТОО «РДЦ-Алматы».
Қазақстан Республикасындағы импорттаушы «РДЦ-Алматы» ЖШС.
Дистрибьютор и представитель по приему претензий на продукцию в республике Казахстан: ТОО «РДЦ-Алматы»
Қазақстан Республикасында дистрибьютор және өнім бойынша арыз-талаптарды қабылдаушының
өкілі «РДЦ-Алматы» ЖШС, Алматы қ., Домбровский көш., 3-а», литер Б, офис 1.
Тел.: 8 (727) 2 51 59 89,90,91,92; Факс: 8 (727) 251 58 12, вн. 107; E-mail: RDC-Almaty@eksmo.kz
Тауар белгісі: «АСТ» Жасалған күні: 2021 жылдың сәуір айы
Өнімнің жарамдылық мерзімі шектелмеген.
Өндірген мемлекет: Ресей. Сертификация қарастырылған

Отпечатано в филиале «Тульская типография» ООО «УК» «ИРМА».
300026, Россия, г. Тула, пр. Ленина, 109.

ЕАС   12+

ЧИТАЙ·ГОРОД

book 24.ru

Официальный
интернет-магазин
издательской группы
«ЭКСМО-АСТ»

ПОСВЯЩАЕТСЯ ДЖОНАТАНУ

ИЮНЬ

Три месяца летних каникул – это время, когда
я постоянно чувствую себя виноватым.

Только потому, что за окном стоит хорошая погода,
все полагают, что ты будешь целыми днями пропадать
на улице, «резвясь» и «озорничая». И если ты не
проводишь на свежем воздухе каждую минуту, все
начинают думать, что с тобой что-то не так. А дело
просто в том, что мне нравится сидеть дома.

Я предпочитаю проводить каникулы перед телевизором
за игрой в приставку – при этом я непременно
задёргиваю шторы и выключаю свет.

К сожалению, у мамы свои представления об идеальных летних каникулах.

Мама говорит, что для ребёнка «противоестественно» сидеть дома, когда за окном светит солнце. Я отвечаю ей, что просто пытаюсь заботиться о своей коже, чтобы на ней было поменьше морщин, когда я доживу до её возраста, но она ничего не хочет слышать.

Мама старается подыскать мне какое-нибудь занятие вне дома – например, ходить в бассейн. Но первую половину лета я уже просидел в бассейне моего приятеля Роули, и это не слишком удачно закончилось.

Вся семейка Роули ходит в элитный загородный клуб, и, когда нас отпустили на каникулы, мы наведывались туда каждый божий день.

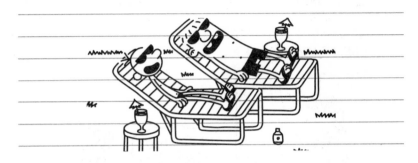

Но потом мы совершили ошибку, пригласив туда эту девчонку Тристу, которая недавно переехала в наш квартал. Я подумал, что с нашей стороны будет очень мило приобщить её к нашему образу жизни в элитном загородном клубе. Но не успели мы добраться до бассейна, как она познакомилась с каким-то спасателем и тут же позабыла о тех красавчиках, которые её пригласили.

Это послужило мне уроком: я понял, что некоторые люди влёгкую способны вас использовать, особенно когда речь идёт об элитном загородном клубе.

Во всяком случае без этой девчонки нам с Роули было гораздо лучше. В настоящий момент мы с ним холостяки, а для лета это лучший вариант.

ПРИВЕ-Е-ЕТ, ДАМЫ!

ГОРЯЧАЯ ДЖАКУЗИ
ТОЛЬКО ДЛЯ ВЗРОСЛЫХ

Несколько дней назад я стал замечать, что качество обслуживания в загородном клубе начало малость сдавать. Пару раз температура в сауне была на несколько градусов выше, чем обычно, а один раз официант, обслуживающий зону бассейна, забыл украсить мой фруктовый коктейль одним из тех маленьких зонтиков.

Я изложил свои претензии папе Роули. Но по какой-то непонятной мне причине мистер Джефферсон так и не довёл их до сведения управляющего элитным клубом.

И это кажется мне довольно странным. Если бы за абонемент в элитный загородный клуб платил я, то я хотел бы быть уверенным, что не выбрасываю деньги на ветер.

В общем, несколько дней спустя Роули сказал, что ему запретили приглашать меня в его бассейн. И это МЕНЯ только порадовало. Гораздо приятнее сидеть в своём доме с кондиционером, где мне не нужно обследовать стакан на предмет пчёл всякий раз, когда хочется глотнуть газировки.

Суббота

Как я уже говорил, мама всё время пытается затащить меня в бассейн, куда она ходит вместе с моим младшим братишкой Мэнни, но дело в том, что моё семейство ходит в ГОРОДСКОЙ бассейн. А когда вы вкусили шикарной жизни в элитном загородном клубе, то не так-то просто возвращаться в городской бассейн, где нет ни малейшего шанса почувствовать себя богемой.

К тому же в прошлом году я поклялся, что ноги моей больше там не будет. В городском бассейне, прежде чем добраться до самого бассейна, нужно пройти через раздевалку, а это означает, что нужно шагать мимо душевой, где взрослые дядьки намыливают себя с ног до головы при всём честном народе.

Когда я первый раз прошёл через мужскую раздевалку, то получил самые травмирующие впечатления в своей жизни.

Мне ещё повезло, что я не ослеп. Нет, серьёзно, я действительно не понимаю, зачем мама с папой так стараются оградить меня от всяких ужастиков, если зрелище, которое поджидает меня в мужской душевой, в сто раз кошмарнее всех ужастиков вместе взятых.

Мне бы очень хотелось, чтобы мама перестала наконец зазывать меня в бассейн, потому что каждый раз, когда я про него слышу, перед моим взором всплывают такие образы, которые я изо всех сил пытаюсь забыть.

Воскресенье

Что ж, теперь я ТОЧНО буду сидеть дома до конца лета. Вчера мама устроила «семейное собрание» и сказала, что с деньгами в этом году туго и мы не можем позволить себе поехать к морю, что означает, что семейный отпуск отменяется.

И ЭТО действительно хреново. Я очень РАССЧИТЫВАЛ, что мы отправимся на море этим летом. Не потому, что мне нравится океан, песок и всё такое прочее — это мне как раз не по душе. Однажды мне пришла в голову мысль, что все эти рыбы, черепахи и киты наверняка справляют нужду прямо в океан. И, похоже, я являюсь единственным человеком, которого это беспокоит.

Моему брату Родрику нравится насмехаться надо мной, потому что он думает, что я боюсь волн. Но я ответственно заявляю вам, что это не так.

Вообще-то, я надеялся побывать на пляже потому, что наконец-то вытянулся и теперь могу кататься на «Мозготрясе», — а это в сто раз улётнее, чем гонять по деревянным мосткам. Родрик катался на «Мозготрясе» миллион раз и говорит, что тот, кто этого не попробовал, не может называть себя мужиком.

Мама сказала, что, если мы «поднакопим денежек», то, возможно, поедем на море в следующем году. А потом добавила, что мы всё равно сумеем интересно отдохнуть всей семьёй и когда-нибудь ещё будем вспоминать это лето как «лучшее в нашей жизни».

Что ж, теперь у меня остались только две вещи, на которые я могу рассчитывать этим летом: первая – это мой день рождения, а вторая – выход заключительной серии комикса «Милый малыш». Не помню, писал ли я об этом, но «Милый малыш» – худший из всех газетных комиксов. Чтобы вам было понятно, о чём идёт речь, полюбуйтесь-ка, что они напечатали в сегодняшнем выпуске:

*Пап, а когда дождик идёт,
это значит боженька потеет?*

Но вот что любопытно: хотя я на дух не выношу этого «Милого малыша», я не могу от него оторваться, и папа мой тоже не может. Видимо, нам просто приятно сознавать, какой это хлам.

«Милый малыш» выходит лет тридцать, варганит его один чувак по имени Боб Пост. Я слыхал, что «Милый малыш» пополняется за счёт того, что Боб почерпнул у своего сынули, когда тот под стол пешком ходил.

Но, видно, теперь, когда этот милый малыш вырос, его папаша испытывает острую нехватку свежего материала.

Пару недель назад газета объявила, что Боб Пост уходит на пенсию и в августе выйдет заключительная серия «Милого малыша». С тех пор мы с папой считаем дни.

Когда последний «Милый малыш» увидит свет, мы с папой забабахаем вечеринку, потому что такое событие заслуживает того, чтобы его отпраздновали как следует.

<u>Понедельник</u>

Хотя мы с папой и придерживаемся одинаковых взглядов насчёт «Милого малыша», во мнениях по поводу кучи других вещей мы с ним не сходимся. Самые жаркие споры на данный момент вызывает мой режим сна. Летом я предпочитаю до утра смотреть телевизор или играть в приставку, а потом дрыхнуть весь день. А папа выходит из себя, если, вернувшись с работы, обнаруживает меня в кровати.

Последнее время он завёл привычку звонить мне в полдень, чтобы удостовериться, что я уже не сплю, поэтому я держу телефон возле кровати и отвечаю ему самым своим бодрым голосом.

Я думаю, что папе просто завидно, потому что ему надо ходить на работу, в то время как вся его семейка может позволить себе проводить целые дни не напрягаясь.

Но если это и дальше будет его раздражать, пусть устроится учителем или водителем снегоуборочной машины, или подыщет себе ещё какую-нибудь работёнку, где можно отдыхать летом.

В том, что папа постоянно не в духе, есть ещё и мамина заслуга. Она названивает папе на работу по пять раз на дню со сводками домашних новостей.

Вторник

На День матери папа подарил маме новый фотоаппарат, и последнее время она щёлкает тонны картинок. Мне кажется, это из-за того, что она забросила наши семейные фотоальбомы и потому чувствует себя виноватой.

Когда мой старший брат Родрик был крохой, мама держала руку на пульсе.

Родрик пробует горошек в первый раз

Родрик пробует горошек во второй раз

Родрик делает первые шаги

Бум!

Когда подоспел я, у мамы, вероятно, появилась масса хлопот, так что, начиная с этого момента, в нашей официальной семейной хронике зияют пробелы.

Добро пожаловать
в этот мир, Грегори!

Забираем Грегори
домой из роддома

Грегори отмечает
шестой день рождения

Грегори идёт
в пятый класс

Ну и наплевать, всё равно фотоальбомы, как я выяснил, недостоверно отражают вашу жизнь. В прошлом году, когда мы отдыхали на пляже, мама купила в сувенирной лавке несколько затейливых ракушек и закопала их в песок, чтобы Мэнни их «отыскал».

Что ж, мне жаль, что я это видел, потому что это заставило меня переосмыслить своё детство.

Грегори «откапывает» ракушки!

Сегодня мама сказала, что я выгляжу «обросшим», и повела меня стричься.

Я бы ни за что на свете не согласился на это, если бы знал, что мама поведёт меня в салон красоты «Убойные красотки», куда она ходит НА ПАРУ с бабулей.

Тем не менее, должен вам сказать, что посещение салона красоты оказалось не настолько кошмарным, как я ожидал. Во-первых, там повсюду стояли телевизоры, чтобы можно было посмотреть какое-нибудь шоу, пока сидишь в очереди.

А во-вторых, там было полно бульварной прессы – тех самых газет, что лежат на кассах в продуктовых магазинах. Мама говорит, что в них печатают белиберду, а я считаю, что там попадается и кое-что дельное.

Бабушка всё время покупает бульварные газетёнки, хотя мама этого не одобряет. Несколько недель назад бабуля перестала отвечать на звонки – мама забеспокоилась и помчалась к ней выяснить, не случилось ли чего. Бабуля была жива и здорова – просто она не хотела брать трубку, потому что прочла кое-что о телефонах.

Когда мама спросила бабулю, откуда она почерпнула эту информацию, та ответила:

МММ... ИЗ «НЬЮ-ЙОРК ТАЙМС».

Недавно у бабули умер её пес Генри, и теперь у неё уйма свободного времени. Так что история про радиотелефоны – это далеко не единственное, с чем приходится сталкиваться маме.

Всякий раз, когда мама обнаруживает у бабули таблоиды, она забирает их у неё, привозит домой и выбрасывает в мусорное ведро. На прошлой неделе я выудил из помойки один экземплярчик и прочитал его у себя в комнате.

И нисколечко об этом не пожалел. Я узнал, что через полгода Северная Америка уйдёт под воду, так что теперь мне можно не париться по поводу хороших отметок.

В салоне красоты мне пришлось долго сидеть
в очереди, но я не особенно страдал. Я читал свой
гороскоп и разглядывал фотки кинозвёзд без макияжа,
поэтому мне не было скучно.

Когда меня стригли, я понял, что лучшая вещь в салоне
красоты – это СПЛЕТНИ. Дамочки, работающие здесь,
знают подноготную всех и каждого в городе.

К сожалению, мне не удалось дослушать историю
про мистера Пепперса и его новую жену, которая
на двадцать лет его моложе, потому что за мной
пришла мама.

К счастью, у меня быстро растут волосы, так что скоро я вернусь в салон и узнаю, чем у них там дело кончилось.

Пятница

Думаю, мама уже пожалела о том, что сводила меня в салон. Дамочки из «Убойных красоток» открыли мне мыльные оперы, и я на них подсел.

Вчера, когда я смотрел своё любимое шоу, мама сказала, чтобы я выключил телевизор и нашёл себе какое-нибудь другое занятие. Я понял, что спорить с ней бесполезно, поэтому позвонил Роули и пригласил его к себе.

Когда Роули пришёл, мы отправились с ним прямиком в подвал, в комнату Родрика. Родрик был на концерте со своей рок-группой «Полный Бамперс», а каждый раз, когда он куда-нибудь уходит, я роюсь в его вещичках, чтобы раздобыть что-нибудь интересненькое.

На этот раз лучшей вещью, найденной мною в барахле Родрика, стал маленький сувенирный брелок с фоткой – из тех, что продаются на пляже.

ВОСПОМИНАНИЯ О ЛЕТЕ

На фотке, которую можно увидеть, заглянув в брелок, изображён Родрик рядом с какой-то девицей.

Уж не знаю, когда Родрик умудрился эту фотку сделать, потому что во время всех наших семейных поездок я постоянно тусил вместе с ним, и, если бы я увидел его с ЭТОЙ девицей, то обязательно бы её запомнил.

Я показал фотку Роули, не выпуская из рук брелок, потому что у Роули загребущие руки.

Мы ещё немного пошарили в пожитках Родрика и на
самом дне ящика обнаружили ужастик. Я не мог
поверить такому везенью. Ни один из нас никогда
раньше не смотрел ужастиков, так что это была
настоящая находка.

Я спросил маму, можно ли Роули остаться у меня
на ночь, и она ответила «да». Я предусмотрительно
задал вопрос маме в тот момент, когда папы не было
в комнате, потому что папа не любит, когда
я устраиваю у себя ночёвки во время его ночных
дежурств.

Прошлым летом Роули остался у меня ночевать, и мы
легли с ним спать в подвале.

Я удостоверился, что Роули выбрал ту кровать, которая стоит ближе к котельной, потому что эта комната наводит на меня ужас. Я подумал, что если ночью оттуда что-нибудь выползет, то оно сперва сцапает Роули, и у меня будет пять секунд, чтобы смыться.

Около часа ночи из котельной послышались звуки, которые напугали нас до чертиков.

Это было похоже на маленькую девочку-привидение или что-то типа этого:

Мы с Роули чуть не затоптали друг друга, когда бросились из подвала вверх по лестнице.
Мы влетели в спальню к маме и папе, и я рассказал

им, что в доме завелись привидения и нам нужно немедленно съезжать.

Папа отнёсся к этому с недоверием и спустился в подвал, проследовав прямиком в котельную. Мы с Роули замерли на месте в двух шагах от неё.

Я почти не сомневался, что папа живым не вернётся. Услышав шорох и несколько глухих ударов, я уже хотел было драпать.

Но через пару секунд появился папа с игрушкой Мэнни в руках – куклой по имени Гарри-ну-ка-отыщи.

Вчера вечером мы с Роули дождались, когда мама с папой лягут спать, и стали смотреть наш ужастик. Строго говоря, смотрел его один я, потому что Роули сидел, закрыв глаза и заткнув уши.

Фильм был про бурую руку, которая ползала по стране и убивала людей. Следующей жертвой становился тот, кто видел её последним.

Спецэффекты были так себе, и до самого финала я даже ни разу не струхнул. Но в конце случилось неожиданное.

После того, как бурая рука придушила последнюю жертву, она поползла прямо на экран, а потом экран погас. Сперва это немного меня озадачило, но потом я сообразил – это означает, что следующей жертвой стану Я.

Я выключил телевизор и в подробностях пересказал Роули ужастик.

Видимо, у меня это очень здорово получилось, потому что Роули просто обезумел от страха.

Я понимал, что на этот раз мы не можем пойти к маме с папой, иначе мне не миновать наказания, когда они узнают, что мы смотрели ужастик.

Но в подвале мы не чувствовали себя в безопасности и потому поднялись наверх и весь остаток ночи просидели в ванной при включённом свете.

Обидно, что нам не удалось пробоДрствовать до утра, потому что, когда папа нас обнаружил, мы были не в лучшем виде.

Папа хотел знать, что происходит, и я был вынужден во всём сознаться. Папа всё рассказал маме, так что теперь я жду санкций. Но, по правде сказать, меня гораздо больше беспокоит бурая рука, чем наказание, которое способна придумать мама.

Я всё время думал об этой руке и наконец осознал, что путь до меня не близкий. А это значит, что у меня, к счастью, есть ещё время немного пожить.

Вторник

Вчера мама читала мне лекцию о том, что мои ровесники смотрят слишком много жестоких фильмов и слишком часто играют в приставку, и знать не знают, что такое НАСТОЯЩЕЕ развлечение.

Я сидел тише воды, ниже травы, потому что не очень хорошо понимал, куда она клонит.

Мама сказала, что хочет открыть «клуб чтения» для всех мальчиков, живущих по соседству, чтобы познакомить нас с великой литературой, которой мы оказались лишены.

Я умолял маму наказать меня каким-нибудь нормальным способом, но она твёрдо стояла на своем.

Так что сегодня состоялось первое собрание клуба «Чтение — это весело». Мне было жаль всех этих ребят, чьи мамы заставили ИХ прийти.

Единственное, что меня порадовало, так это то,
что мама не пригласила Фригли, этого паренька
с прибабахом, который живёт в начале улицы,
потому что в последнее время он стал совсем того.

ХОЧЕШЬ ПОСЛУШАТЬ
О МОИХ ПРАВИЛАХ
ГИГИЕНЫ?

Я начинаю думать, что Фригли, возможно, немного
опасен – к счастью, летом он почти не вылезает с заднего
двора. Я думаю, его родителям следует поставить
электрическое заграждение или что-то типа этого.

Ладно, фиг с ним, с Фригли. Мама сказала, что на
сегодняшнее собрание каждый должен принести свою
любимую книжку и мы выберем одну для обсуждения.
Все парни положили свои книжки на стол, и каждый,
похоже, был доволен своим выбором – недовольна была
лишь мама.

Мама сказала, что наши книжки не имеют никакого отношения к «настоящей» литературе и что пришла пора познакомиться с «классикой».

Затем она принесла стопку книг, которые, наверное, остались у неё с тех времён, когда ОНА сама была маленькой.

Именно такого типа книжки нас заставляют читать в школе.

У них там разработана целая программа: если
в свободное время ты читаешь что-нибудь из
«классики», тебя премируют наклейкой с гамбургером
или ещё какой-нибудь ерундой.

Мне только непонятно, на каких дураков это рассчитано.
За пятьдесят центов в магазине для поделок и хобби
можно купить целую пачку таких наклеек.

И потом я не очень понимаю, что значит «классика».
Но думаю, что «классикой» может считаться такая
книжка, которой не меньше полувека и в которой
в конце обязательно умирает какой-нибудь человек
или животное.

Мама сказала, что, если нам не нравятся книги, которые
выбрала она, мы можем сходить на экскурсию
в библиотеку и подыскать что-нибудь, что устроило бы нас
всех. Но такой вариант мне решительно не подходил.

Понимаете, когда мне было восемь лет, я взял в библиотеке одну книжку, а потом напрочь об этом забыл. Через несколько лет я нашёл её за своим письменным столом и подумал, что, наверное, задолжал библиотеке не меньше двух тысяч долларов, учитывая, сколько пенни они берут сегодня за каждый просроченный день.

Поэтому я спрятал книгу в коробку со старыми комиксами, которая стоит у меня в шкафу, и она лежит там по сей день. С тех пор я ни разу в библиотеке не был, но знаю, что, если однажды там ПОЯВЛЮСЬ, меня уже будут поджидать.

По правде сказать, стоит мне только ЗАВИДЕТЬ библиотекаря, как мне тут же становится не по себе.

Я спросил маму, не даст ли она нам ещё один шанс выбрать книжки самостоятельно, и она согласилась. Следующее собрание клуба назначено на завтра, и мы должны будем принести новую подборку.

Среда

Что ж, за ночь клуб «Чтение – это весело» понёс серьёзные потери. Большинство парней, пришедших вчера, сегодня выбыло из строя, и нас осталось только двое.

Роули принёс две книги.

Я выбрал девятый том серии «Магия и монстры: тёмные королевства». Я решил, что книга должна маме понравиться, потому что она довольно длинная и в ней нет картинок.

Но маме моя книжка не понравилась. Она сказала, что не одобряет обложку, потому что маму совсем не радует то, как на ней изображены женщины.

Я читал «Погибель теней» и что-то не припомню, чтобы мне попадались женщины. На самом деле это даже интересно – ЧИТАЛ ли её вообще тот, кто рисовал к ней обложку?

Ладно, проехали. Мама сказала, что на правах основателя клуба «Чтение – это весело» накладывает вето на нашу подборку и оставляет выбор книги за собой. Она выбрала для нас «Паутину Шарлотты», смахивающей на всю эту «классику», о которой я уже говорил.

Обложка у неё такая, что сразу могу гарантировать: либо девчушка, либо свинюшка недотянут до финала.

Итак, в клубе «Чтение – это весело» остался всего один человек – я.

Роули отправился вчера на гольф со своим папашей и бросил меня на произвол судьбы. Я не выполнил задание по чтению и очень рассчитывал, что он меня прикроет.

Никакой моей вины в том, что я не успел выполнить задание, нет. Вчера мама сказала, что я должен читать в своей комнате по двадцать минут в день, но вся проблема в том, что мне трудно подолгу концентрироваться. После того, как мама застукала меня прыгающим по комнате, она запретила мне смотреть телевизор, пока я не прочитаю книгу.

Так что вчера вечером мне пришлось дожидаться,
когда она ляжет спать, прежде чем я смог получить
свою порцию развлечений.

У меня из головы всё никак не шёл тот ужастик
про бурую руку. Я опасался, что, если буду сидеть
в ночи перед телевизором один-одинёшенек, бурая
рука может выползти из-под кровати и сцапать меня
за ногу или ещё за что-нибудь.

Вышел я из положения следующим образом:
проложил себе тропку от моей комнаты до гостиной,
раскидав на всём пути свои шмотки и прочие
причиндалы.

Так я смог спуститься вниз и подняться обратно наверх, не касаясь пола.

хоп-хоп

Сегодня утром папа споткнулся о мой словарь, который я положил на верхней ступеньке лестницы, и теперь на меня злится. Но я уже привык к тому, что папа злится из-за любых неожиданностей в любой день недели.

Теперь меня одолевает новый страх – я опасаюсь, как бы бурая рука не заползла ко мне на кровать и не расправилась со мной, пока я сплю. Поэтому в последнее время я стал укрываться одеялом с головой, оставляя лишь малюсенькую щёлочку, чтобы можно было дышать.

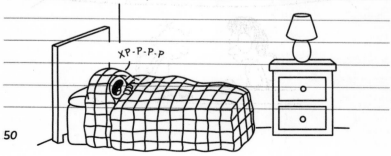

ХР-Р-Р-Р

Но у этой стратегии имеются СВОИ риски. Сегодня в мою комнату зашёл Родрик, и всё утро я потратил на то, чтобы выполоскать привкус вонючих носков изо рта.

Воскресенье

К сегодняшнему дню я должен был прочитать первые три главы из «Паутины Шарлотты». Когда мама выяснила, что я не успел это сделать, она сказала, что мы будем сидеть за кухонным столом до тех пор, пока я их не одолею.

Примерно через полчаса раздался стук в дверь – это был Роули. Я было подумал, что он хочет вернуться в клуб «Чтение – это весело», но, увидев рядом с ним его папашу, понял, что что-то стряслось.

В руках у мистера Джефферсона была какая-то официальная бумага, на которой стоял логотип элитного загородного клуба. Он сказал, что это счёт за фруктовые коктейли, которые мы с Роули там заказывали, и что общая сумма составляет восемьдесят три доллара.

Всякий раз, когда мы с Роули заказывали в клубе напитки, мы просто указывали на чеке номер банковского счёта мистера Джефферсона, и всё. Никто не говорил нам, что нужно будет за них ПЛАТИТЬ.

И вообще, я не очень понимал, зачем мистер Джефферсон заявился в МОЙ дом. Кажется, он архитектор или кто-то типа этого, так что если ему нужны восемьдесят три бакса, почему бы ему просто не построить ещё одно здание? Мистер Джефферсон тем не менее продолжал беседовать с моей мамой, и они сошлись на том, что нам с Роули нужно уплатить по счёту.

Я объяснил маме, что мы с Роули всего лишь дети, – нам не платят зарплату и у нас нет никакой перспективы карьерного роста. Но мама сказала, что нам просто нужно быть «креативными». А потом добавила, что, пока мы не выплатим то, что задолжали, клуб «Чтение – это весело» придётся на время закрыть.

По правде сказать, это было как гора с плеч. Потому что я готов заниматься чем угодно, лишь бы это не имело отношения к чтению.

Вторник

Вчера мы с Роули целый день ломали голову над тем, где нам раздобыть эти восемьдесят три доллара. Роули сказал, что, может, я просто схожу в банкомат и сниму немного деньжат, чтобы расплатиться с его папой.

Роули сказал так потому, что считает меня богатым. Пару лет назад во время зимних каникул Роули зашёл ко мне в гости, а у нас тогда как раз закончилась туалетная бумага. Вместо неё моя семейка пользовалась праздничными салфетками, пока папа не сходил в магазин.

Роули решил, что праздничные салфетки вместо туалетной бумаги – это довольно расточительно, и спросил, богатая ли у меня семья.

Мне не хотелось упускать возможность произвести на него впечатление.

Но на самом деле я вовсе НЕ богат, и в этом вся проблема. Я пытался придумать, каким образом ребёнок моего возраста может подзаработать немного наличности, и тут меня осенило: мы могли бы открыть компанию по обработке лужаек.

Я говорю не о какой-нибудь там средненькой компании, каких пруд пруди, – я говорю о такой компании, которая выведет стрижку газонов на новый уровень. Мы решили назвать нашу компанию так: «ВИП-обработка лужаек».

Мы позвонили в «Жёлтые страницы» и сказали рекламщикам, что хотим разместить у них объявление. И не какой-нибудь жалкий текст, а такое большое полноцветное объявление на целый разворот.

Но вы только послушайте, что нам ответили: эти рекламщики сказали, что за размещение нашего объявления придётся заплатить несколько тысяч баксов.

Я сказал, что не вижу в этом смысла, потому что как кто-то может заплатить за объявление, если этот кто-то даже не начал зарабатывать деньги?

Мы с Роули поняли, что нам нужно идти другим путём и изготовить объявления САМИМ.

Я подумал, что мы могли бы наделать флаеров и разбросать их в почтовые ящики наших соседей. Всё, что нам нужно, это воспользоваться технологией клип-арта.

Поэтому мы отправились в ближайший магазин на углу и купили там одну из тех открыток, что женщины дарят друг другу на дни рождения.

Мы отсканировали _её_ на компьютер Роули
и приварганили СВОИ головы к туловищам
на картинке.

После этого мы отыскали изображения садовых инструментов и всё объединили. А потом всё это распечатали, и должен вам сказать, что получилось просто отлично.

Я произвёл в уме кое-какие расчёты и понял, что нам потребуется не меньше двухсот баксов на цветной картридж и бумагу, чтобы наших объявлений хватило на всех соседей. Поэтому мы спросили папу Роули, не сходит ли он в магазин и не купит ли всё, что нам нужно.

Мистер Джефферсон отказался. И вообще сказал, что запрещает нам пользоваться своим компьютером и принтером.

Меня это немного удивило, потому что если мистер Джефферсон хочет, чтобы мы вернули ему долг, странно, что он не пожелал упростить нам задачу. Нам ничего не оставалось, как взять одно-единственное объявление и убраться из его кабинета.

Тогда мы с Роули стали ходить по домам, показывая всем наш флаер и рассказывая о нашей ВИП-службе по обработке лужаек.

Обойдя несколько домов, мы поняли, что будет намного проще, если мы попросим следующего жильца передать наше объявление своему соседу, а тот пускай передаст его своему соседу, и так далее, чтобы нам с Роули не таскаться по домам.

Теперь нам остаётся только сидеть и ждать, когда наш телефон начнёт разрываться от звонков.

Четверг

Вчера мы с Роули прождали целый день, но никто нам так и не позвонил. Я уже начал подумывать о том, что нам стоит подыскать открытку с более мускулистыми качками для следующего объявления. Однако сегодня, в районе одиннадцати утра, нам позвонила миссис Кэнфилд, которая живёт на той же улице, что и моя бабуля. Она сказала, что ей нужно подстричь лужайку, но прежде чем нанять нас, она хочет, чтобы за нас кто-нибудь поручился.

Мне приходилось наводить порядок на бабулиной лужайке, поэтому я набрал её номер и спросил, может ли она позвонить миссис Кэнфилд и рассказать ей, какой я хороший работник.

Хм, наверное, я позвонил бабуле в не самый удачный день, потому что она тут же на меня наехала. Она сказала, что прошлой осенью я оставил на её лужайке кучки листьев и что теперь на её участке полно проплешин жёлтой травы. После чего она спросила, когда я собираюсь приехать к ней и завершить начатое.

Это было совсем не то, что я ожидал услышать. Я сказал бабуле, что в данный момент мы берёмся только за оплачиваемую работу и что, возможно, заедем к ней позже этим летом.

Потом я позвонил миссис Кэнфилд и блестяще сымитировал бабулин голос. На моё счастье, он ещё не начал у меня ломаться.

ВИП-СЛУЖБА ПО ОБРАБОТКЕ ЛУЖАЕК ОТЛИЧНО ЗНАЕТ СВОЁ ДЕЛО. ОНИ ОБРАБОТАЛИ МОЮ ЛУЖАЙКУ ПО ВЫСШЕМУ РАЗРЯДУ.

Хотите верьте, хотите нет, но миссис Кэнфилд купилась. Она поблагодарила «бабулю» за рекомендации и повесила трубку. Через пару минут она перезвонила, и я ответил ей своим обычным голосом. Миссис Кэнфилд сказала, что нанимает нас и что сегодня мы должны приехать к ней домой и приступить к работе.

Но миссис Кэнфилд живёт не то чтобы в двух шагах от меня, поэтому я спросил, не могла бы она за нами заехать. Её, похоже, совсем не обрадовал тот факт, что у нас нет собственного транспорта, но она сказала, что заскочит за нами, если мы будем готовы к полудню.

К двенадцати часам миссис Кэнфилд подкатила к моему дому в пикапе своего сына и спросила, где наша газонокосилка и прочий инвентарь.

Я сказал, что вообще-то у нас НЕТ никакого инвентаря, но что моя бабуля не запирает боковую калитку, так что я мог бы прошмыгнуть к ней и позаимствовать *её* газонокосилку на пару часиков. По-видимому, миссис Кэнфилд нужно было позарез стричь лужайку, потому что она согласилась с моим планом.

По счастью, бабуля куда-то отлучилась, так что нам не составило труда взять газонокосилку. Мы прикатили *её* во двор к миссис Кэнфилд и собрались было приступить к работе.

И вот тут-то мы с Роули поняли, что ни один из нас никогда не имел дела с газонокосилками. Мы немного в этой штуковине поковырялись, соображая, как же *её* запустить.

Когда мы перевернули газонокосилку на бок, на траву как назло вытек бензин, и нам пришлось снова отправляться к бабуле – на этот раз за заправкой.

В доме у бабушки я прихватил инструкцию к газонокосилке. Я попытался её прочитать, но она была на испанском. Разобрать мне УДАЛОСЬ лишь отдельные словечки, но и их оказалось достаточно,

чтобы возникло ощущение, что работать
с газонокосилкой куда опаснее, чем я себе
представлял.

Я сказал Роули, что он мог бы попробовать покосить
траву первым, а я пойду посижу в тенёчке
и обмозгую бизнес-план.

Роули не пришёл от этой идеи в восторг. Он сказал,
что мы «партнёры» и всё должны делить пятьдесят
на пятьдесят. Меня это здорово удивило, потому что
вообще-то идея создать компанию по обработке
лужаек пришла в голову мне, так что я был, скорее,
учредителем, чем партнёром.

Я сказал Роули, что кому-то нужно делать грязную
работу, а кому-то — заниматься финансами, чтобы
было не так напряжно.

Вы не поверите, но этого оказалось достаточно, чтобы Роули завязал с работой. Хочу сказать для протокола, что, если Роули когда-нибудь понадобится моя рекомендация, она будет весьма паршивой.

Честно говоря, не очень-то Роули и был мне нужен. Если мой бизнес по обработке лужаек наберёт обороты, как я рассчитываю, я найму себе СОТНЮ таких, как Роули.

А пока что мне нужно было стричь лужайку миссис Кэнфилд. Я ещё разок – чуть подольше – поглядел в инструкцию и смекнул, что мне нужно потянуть за ручку, прикреплённую к шнуру, что я и сделал.

Газонокосилка заработала, и дело закипело.

Всё оказалось не так уж и скверно, как я ожидал. Газонокосилка ехала сама, а мне нужно было просто ходить за ней и время от времени направлять её в нужную сторону.

Через какое-то время я стал замечать, что на лужайке полно собачьих какашек. А маневрировать между ними с самодвижущейся газонокосилкой было не так-то просто.

У ВИП-службы по обработке лужаек очень строгая политика в отношении собачьего дерьма: она заключается в том, что мы к нему не приближаемся.

Поэтому, как только я замечал что-нибудь подозрительное, я на всякий случай делал вокруг этого места большой круг.

После этого работа пошла веселее, потому что теперь мне нужно было косить гораздо меньше травы. Сделав дело, я направился к парадному входу, чтобы получить свои денежки. Итоговый счёт составил тридцать долларов – двадцать долларов за лужайку плюс десять баксов за то время, что мы с Роули потратили на изготовление объявления.

Но миссис Кэнфилд отказалась платить. Она сказала, что компания у нас «никудышная» и что лужайка какой была, такой и осталась.

Я упомянул проблему собачьих какашек, но она всё равно отказалась заплатить то, что должна была. И, что самое возмутительное, она отказалась везти меня обратно домой. Знаете, у меня была мысль, что кто-то может попытаться нас облапошить этим летом, но мне и в голову не могло прийти, что это будет наш первый клиент.

Мне пришлось возвращаться домой пешком, и когда я добрался до дома, то просто весь кипел от возмущения. Я рассказал папе всю историю о том, как стриг лужайку, и что миссис Кэнфилд не захотела мне платить.

Папа немедленно поехал к миссис Кэнфилд, и я отправился вместе с ним. Я думал, он собирается отчитать её за то, что она эксплуатировала его сына, и я хотел при этом присутствовать. Но папа просто взял бабулину газонокосилку и начал косить оставшуюся траву на лужайке миссис Кэнфилд.

Закончив, он и не подумал потребовать с миссис Кэнфилд денег.

Прокатился я всё же НЕ ЗРЯ. Когда папа всё уладил, я вкопал напротив дома миссис Кэнфилд рекламный указатель.

Я рассудил, что если я не могу получить то, что мне причитается, то, по крайней мере, могу разместить бесплатное объявление в качестве компенсации за свои труды.

ОТЛИЧНАЯ РАБОТА
ВИП-СЛУЖБЫ
ПО ОБРАБОТКЕ
ЛУЖАЕК
555-2941

ЧПОНК

Суббота
ВИП-служба по обработке лужаек не имела того успеха, на который я рассчитывал. Больше заказов мне не поступало, и я начинаю думать, что миссис Кэнфилд могла очернить меня перед соседями.

Я уже хотел было махнуть на всё рукой и закрыть наш бизнес, но потом сообразил, что если объявление немного переделать, то зимой можно будет всё начать сначала.

**ВИП-СЛУЖБА
ПО УБОРКЕ СНЕГА**

ПОПРОБУЙТЕ ЛУЧШЕЕ!
ОСТАЛЬНОЕ ВЫ УЖЕ ПРОБОВАЛИ!

Вся проблема заключается в том, что деньги нужны
мне СЕЙЧАС. Я позвонил Роули, чтобы начать
генерировать новые идеи, но его мама сказала,
что он пошёл в кино с папой. Это немного меня
раздосадовало, потому что он даже не удосужился
спросить меня, можно ли ему взять отгул.

Мама лишила меня любых развлечений до тех пор, пока не будет оплачен этот счёт за фруктовые коктейли, а это означает, что именно Я должен придумать способ заработать наличность.

Я скажу вам, у кого деньги куры не клюют, – у Мэнни. Да-да, этот малыш БОГАТ. Пару недель назад мама с папой сказали Мэнни, что будут платить ему по двадцать пять центов всякий раз, когда он сходит на горшочек без просьб и уговоров. Так что теперь он повсюду таскает с собой огромную бутыль с водой.

Мэнни хранит все свои сбережения в большой банке, которая стоит у него на комоде. У него, наверное, набралось не меньше 150 долларов.

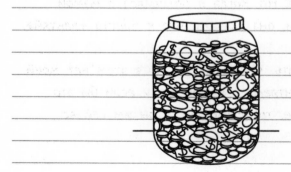

Я подумывал о том, чтобы попросить у Мэнни взаймы, но никак не могу на это решиться. Я нисколечко не сомневаюсь, что Мэнни ссужает деньги под проценты.

ОСТАЛЬНОЕ Я СМОГУ ВЕРНУТЬ ТЕБЕ ЗАВТРА.

Я пытаюсь придумать способ заработать денежки, ничего не делая. Но, когда я поделился с мамой своими мыслями, она сказала, что я просто «лентяй».

Окей, может быть, я и ЛЕНТЯЙ, но в этом нет моей вины. Я был лентяем с малых лет, и если бы это заметили раньше, то, возможно, я бы им сейчас не был.

Помнится, в детском саду, когда время, отведённое для игр, заканчивалось, воспитатель просил нас убрать игрушки, и, пока мы этим занимались, мы дружно пели «Песенку про уборочку». Я тоже пел песенку вместе со всеми, а сам бил баклуши.

Так что, если вам захочется предъявить кому-нибудь претензии по поводу того, что я вырос таким, каким вырос, то думаю, вам придётся начать с государственной системы образования.

Воскресенье

Сегодня утром мама разбудила меня на воскресную службу. Я был рад сходить в церковь, потому что чувствовал, что мне нужно обратиться за помощью к высшей силе, чтобы оплатить этот счёт за фруктовые коктейли. Всякий раз, когда бабушке что-нибудь нужно, она просто начинает молиться и тут же получает то, что просит.

Я думаю, у неё налажена прямая связь с Богом или что-то типа того.

По какой-то непонятной мне причине у меня такого блата наверху нет. Но это не означает, что я должен отказаться от попыток.

Сегодняшняя служба называлась «Неузнанный Иисус» – нам рассказывали о том, что мы должны быть добры к каждому встречному, потому что никогда нельзя знать наверняка, кто же является настоящим Иисусом, который всё время кем-то притворяется.

Думаю, все эти проповеди нужны для того, чтобы вам захотелось стать лучше, но лично меня они превращают в параноика, потому что я знаю, что всё равно угадаю неправильно.

В церкви пустили по рядам корзину для сбора пожертвований, как делают каждое воскресенье, и мои мысли были лишь о том, что все эти денежки в сто раз нужнее мне, чем тому – кем бы он там ни был, – кому они предназначались.

Мама, должно быть, заметила в моём взгляде интерес, потому что проворно передала корзину на задние ряды, пока я не успел взять из неё то, что мне было нужно.

Понедельник

На этих выходных я буду отмечать день рождения, и я жду этого с большим нетерпением. В этом году я собираюсь отпраздновать его в кругу СЕМЬИ.
Я всё ещё злюсь на Роули за то, что он кинул нашу компанию по обработке лужаек, и потому не хочу, чтобы он думал, будто может прийти в мой дом как ни в чём не бывало и угоститься праздничным тортом.

Кроме того, я усвоил один важный урок по поводу дня рождения в кругу друзей. Когда вы устраиваете вечеринку для друзей, то все ваши гости почему-то думают, что имеют право играть с вашими подарками.

И каждый раз на мой день рождения в кругу друзей мама приглашает детей СВОИХ приятельниц, так что я вынужден сидеть в окружении совершенно незнакомых мне людей.

И эти дети не покупают подарков – их покупают их МАМАШИ. Так что даже если вам и дарят какую-нибудь видеоигру, это совсем не та видеоигра, в какую вам действительно хотелось бы поиграть.

ФРОГГИ И РАФ

Учимся

ДЕЛИТЬСЯ

Хорошо ещё, что этим летом я не хожу на плавание. В прошлом году тренировка выпала прямо на мой день рождения, и мама подбросила меня до бассейна.

Там мне отвесили столько затрещин и тычков по этому случаю, что я даже не мог поднять руки, чтобы плыть.

Так что, когда доходит до празднования дня рождения, других детей на него лучше вообще не звать.

Мама сказала, что мне разрешат отметить день рождения в семейном кругу, если я пообещаю, что не буду проделывать с поздравительными открытками то, что «обычно» с ними проделываю. Отстой! Я ведь разработал СУПЕРСКУЮ систему по открыванию открыток. Я складываю поздравительные открытки аккуратной стопочкой, потом вскрываю каждую по очереди и трясу до тех пор, пока из неё не высыпятся все денежки. Если я не трачу время на то, чтобы пробежать глазами текст, то со стопочкой из двадцати открыток управляюсь меньше чем за минуту.

Мама говорит, что моё поведение «оскорбительно» по отношению к людям, которые дарят мне открытки. Она говорит, что в этом году мне придётся прочитать каждую открытку и поблагодарить того, кто мне её подарил. Это, конечно, замедлит процесс, но, полагаю, выручка всё мне компенсирует.

Я много думал о том, чего мне хочется на день рождения в этом году. БОЛЬШЕ ВСЕГО мне хочется собаку.

Я прошу собаку уже три года, но мама говорит, что нужно подождать, пока Мэнни не освоит горшочек как следует. Что ж, учитывая, что Мэнни как следует освоил вымогательство денег с помощью горшочка, ждать придётся ВСЮ ЖИЗНЬ.

Дело в том, что я знаю, что папа тоже хочет собаку. У него была собака, когда ОН был маленьким.

Я решил, что папу просто нужно немножко подтолкнуть, и в прошлом году мне представилась такая возможность. Дядя Джо приехал к нам на Рождество со своим семейством, прихватив с собой и свою собаку Киллера.

Я спросил дядю Джо, не затруднит ли его намекнуть папе, что ему нужно завести нам собаку. Но дядя Джо намекнул папе так, что вся моя стратегия, нацеленная на получение собаки, была сведена на нет и я оказался на том же этапе, на каком находился лет этак пять назад.

Кроме собаки мне также не светит получить на день рождения мобильник, и за это нужно сказать спасибо Родрику.

В прошлом году мама с папой подарили Родрику мобильник, и за первый месяц он наболтал по нему триста долларов. ЧАЩЕ ВСЕГО Родрик звонил маме с папой из своей комнаты в подвале и просил включить отопление.

Так что единственное, что я могу попросить себе в этом году, – это роскошное кожаное кресло с откидной спинкой. У дяди Чарли есть такое, и он практически в нём ЖИВЁТ.

Главная причина, почему я хочу себе такое кресло, такова: если оно у меня будет, мне не придётся тащиться наверх к себе в спальню, насмотревшись ночью телевизора. Я смогу спать прямо в кресле.

А кроме того, у этих кресел с откидными спинками имеется масса удобств – вроде массажёра для шеи, регулируемой жёсткости сиденья и прочих прибамбасов. Думаю, я мог бы включать вибромассажёр, чтобы было не так напряжно выслушивать папины нотации.

И КОГДА ТЫ НАКОНЕЦ ПЕРЕСТАНЕШЬ ОСТАВЛЯТЬ ГРЯЗНУЮ ОДЕЖДУ В ВАННОЙ КОМНАТЕ?

ДР-Р-Р-Р-Р

Единственная причина, по которой мне пришлось бы вставать с кресла – лишь затем, чтобы сходить в туалет. Но, может, мне стоит повременить с заказом кресла до следующего года, потому что, бьюсь об заклад, они позаботятся о том, чтобы усовершенствовать новую модель в этом направлении.

Четверг

Сегодня я попросил маму сводить меня в салон красоты «Убойные красотки», хотя стричься мне ещё рановато. Мне просто охота послушать городские сплетни.

Анетт, моя парикмахерша, сказала, что слышала от одной дамы, приятельницы миссис Джефферсон, что мы с Роули поругались.

Очевидно, Роули «жутко переживает» из-за того, что я не пригласил его на день рождения. Ну что сказать? Если Роули и расстроен, то по нему это не заметно.

Каждый раз, когда я встречаю Роули, он тусуется со своим папашей. Так что мне кажется, он уже нашёл себе нового приятеля.

Я только хочу сказать, что считаю возмутительным, что Роули продолжает ходить в элитный загородный клуб, несмотря на то, что задолжал деньги за фруктовые коктейли.

К сожалению, дружбанские отношения Роули с его папашей начинают омрачать МОЮ жизнь. Мама говорит, что это просто «замечательно», что Роули и его папа теперь неразлейвода, и что нам с папой нужно съездить на рыбалку, или поиграть во дворе в мяч, или подыскать себе ещё какое-нибудь занятие.

Но дело в том, что мы с папой не созданы для всей этой отцовско-сыновьей фигни. Когда мама спровадила нас на совместное мероприятие в прошлый раз, всё закончилось тем, что мне пришлось вытаскивать папу из речки Раппаханнок.

Тем не менее мама не сдаётся. Она говорит, что хочет, чтобы папа и мы, мальчики, проявляли друг к другу больше «нежности». Из-за чего случаются реально неловкие моменты.

<u>Пятница</u>

Сегодня я смотрел телевизор, занятый своими мыслями, как вдруг услышал стук в парадную дверь. Мама сказала, что меня хочет видеть «друг», поэтому я подумал, что это, должно быть, Роули пришёл извиняться.

Но это был не Роули. Это был ФРИГЛИ.

Немного оправившись от шока, я захлопнул дверь. У меня началась паника, потому что я не знал, чем Фригли занимается у меня под дверью. Выждав несколько минут, я выглянул из окна — Фригли ВСЁ ЕЩЁ стоял на крыльце.

Я понял, что нужно принять решительные меры, поэтому отправился на кухню вызывать копов. Но мама остановила меня, прежде чем я успел набрать 911.

Мама сказала, что это ОНА пригласила Фригли. Она сказала, что, как ей кажется, я чувствую себя «одиноким» с тех пор, как разругался с Роули, и она решила пригласить Фригли, чтобы мы с ним «поиграли».

Теперь вы понимаете, почему мне ни при каких обстоятельствах не следует рассказывать маме о своих личных делах. Этот Фригли был полной катастрофой.

Я слыхал, что вампир не может пробраться к вам в дом, пока вы сами его не пригласите, и я готов дать голову на отсечение, что ровно так обстоят дела с Фригли.

Так что теперь мне не дают покоя ДВЕ вещи: бурая рука и Фригли. И если бы мне пришлось выбирать из двух зол, то я бы, не раздумывая, выбрал бурую руку.

Суббота

Сегодня был мой день рождения, и всё прошло примерно так, как я и ожидал. Родственнички начали подтягиваться к часу. Я попросил маму позвать побольше народу, чтобы я мог максимально увеличить количество подарков, и явка оказалась достаточно высокой.

В свой день рождения я предпочитаю не тратить время на пустяки и сразу перехожу к подаркам, поэтому я попросил всех собраться в гостиной.

Я повозился с открытками, как меня и просила мама. Это было немного утомительно, но выручка того стоила.

Увы! Не успел я собрать наличность, как мама её тут же конфисковала, чтобы расплатиться с мистером Джефферсоном.

После этого я перешёл к подаркам в обёртках, но их было не так уж и много. Первый подарок – от мамы с папой – был маленький и тяжёлый, и я решил, что это хороший знак. Но я был просто в шоке, когда его открыл.

Когда я внимательнее его рассмотрел, то понял, что он не похож на обычный мобильник. Он назывался «Божья коровка». На нём не было клавиатуры, а только две кнопки: одна – чтобы звонить домой, а другая – в службу спасения. Так что вещица эта абсолютно бесполезная.

Остальными подарками были шмотки и всякая мура, которая не особо мне нужна. Я всё ещё надеялся получить в подарок кресло с откидной спинкой, но когда я сообразил, что маме с папой негде спрятать здоровенное кожаное кресло, то смирился с судьбой.

Через некоторое время мама сказала, что пора перейти в столовую отведать торта. К несчастью, нас опередил пёс дяди Джо, Киллер.

ЧАВ-
ЧАВ-
ЧАВ

Я надеялся, что мама сходит в магазин и купит мне новый торт, но она просто взяла нож и отрезала ту часть, до которой не добрался пёс.

Мама отрезала мне большой кусок, но никакого торта
мне уже не хотелось. Да и как его могло хотеться,
когда Киллер отрыгивал под столом крохотные
праздничные свечки.

Воскресенье
Наверное, мама чувствует себя неловко насчёт того,
как прошёл мой день рождения, потому что сегодня
она сказала, что мы могли бы сходить в торговый
центр и купить «компенсирующий подарок».

Мама прихватила и Мэнни с Родриком, сказав, что
они тоже могут себе что-нибудь выбрать, что, конечно
же, нечестно, потому что это не у НИХ вчера был
день рождения.

Мы походили немного по торговому центру, и наконец забрели в зоомагазин. Я надеялся, что мы сможем скинуться и купить собаку, но Родрика, похоже, заинтересовали другие зверюшки.

Мама дала каждому из нас по пятидолларовой бумажке и сказала, что мы можем купить себе всё, что нам захочется, но на пять баксов в зоомагазине особо ничего не купишь. В конце концов я остановил свой выбор на клёвом морском ангеле, который весь переливался разными цветами.

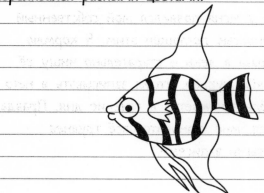

Родрик тоже выбрал себе рыбку. Не знаю, что это была за рыбка, но выбрал её Родрик из-за того, что на табличке она была названа «агрессивной».

Мэнни потратил СВОИ пять баксов на корм для рыбок. Сперва я подумал, что он сделал это потому, что хочет кормить наших с Родриком рыбок, но, пока мы ехали домой, Мэнни слопал половину баночки.

Понедельник
Впервые в жизни у меня появился мой собственный питомец, и я полностью поглощён этим. Я кормлю свою рыбку три раза в день и старательно чищу её банку. Я даже завёл журнал, чтобы записывать в него всё, чем моя рыбка занимается в течение дня. Правда, должен признаться, мне становится всё труднее пополнять его новыми записями.

Я спросил у мамы с папой, не можем ли мы купить аквариум и тонну рыбок в придачу, чтобы мой малец не скучал. Но папа сказал, что аквариумы стоят денег и что я могу попробовать попросить аквариум на Рождество.

Понимаете теперь, почему так фигово быть ребёнком. У вас есть лишь два шанса получить то, что вам хочется, — это день рождения и Рождество.

А когда НАКОНЕЦ наступает либо одно, либо другое, у родителей в голове всё путается, и они дарят вам «Божью коровку».

Если бы у меня были собственные деньги, я мог бы покупать себе всё, что хочу, и не унижаться всякий раз, когда мне нужно взять напрокат видеоигру или купить жвачку.

Ладно, всё равно я знаю, что в один прекрасный день стану богатым и знаменитым, — правда, я начинаю немного беспокоиться, что этот момент всё не наступает. По моим расчетам, на сегодняшний день у меня КАК МИНИМУМ должно было быть собственное реалити-шоу.

Вчера вечером я смотрел одно шоу, где няня живёт в семье недельку, а потом разбирает эту семейку по косточкам, рассказывая им всем, в чём они облажались.

Я, конечно, не знаю, ходила ли эта женщина в какую-нибудь специальную школу для нянь или ещё куда-нибудь, но могу сказать одно: это именно та работа, для которой я СОЗДАН.

Мне только нужно сообразить, как на неё устроиться, когда нынешняя няня выйдет на пенсию.

ВАШ ДОМ – РАЗВАЛЮХА, ВАШИ ДЕТИ ВЕДУТ СЕБЯ, КАК ДИКАРИ, И... ЭЙ, МИСТЕР ДЖОНСОН, УЖ НЕ ХОТИТЕ ЛИ ВЫ ПОКАЗАТЬСЯ НА ЛЮДИ В ЭТОЙ РУБАХЕ?

Пару лет назад я начал собирать личный архив: школьные сочинения, старые игрушки и всё такое прочее, потому что, когда откроется мой музей, я хочу быть уверенным в том, что он будет заполнен такими вещами, которые действительно смогут поведать о моей жизни много интересного.

Но я не храню никаких палочек от леденцов,
на которых осталась моя слюна, потому что, поверьте,
мне совсем НЕ нужно, чтобы меня клонировали.

Когда я стану знаменитым, я немного изменю свой
образ жизни.

Скорее всего, мне придётся летать на личных самолётах, потому что, если я буду летать обычными рейсами, то буду дико раздражаться, когда людишки, сидящие в хвосте, начнут пользоваться моим шикарным туалетом.

Ещё одна проблема, с которой приходится иметь дело знаменитостям, – это их младшие братья и сёстры, которые тоже становятся знаменитыми, поскольку являются родственничками.

Столкнуться со славой мне пока что довелось лишь однажды – когда несколько лет назад мама записала меня в модельное агентство. Думаю, ей хотелось увидеть мои фотки в каталогах одежды или ещё в каких-нибудь журналах.

Но в агентстве решили, что моя фотка годится лишь для одной дурацкой медицинской книжки, где она и была опубликована, о чём я до сих пор пытаюсь забыть.

Вторник
Весь день я играл в видеоигры и изучал комиксы в воскресной газете.

Я перевернул последнюю страницу и вместо «Милого малыша» обнаружил объявление.

Хочешь попасть на страницу смеха и юмора?

Мы ищем талантливого карикатуриста и автора для нового комикса, который будет выходить вместо «Милого малыша». Попробуй рассмешить нас до слёз!

Комиксы, где главными персонажами являются дикие или домашние животные, рассматриваться не будут.

Ребята, да я же ждал этой возможности ВСЮ жизнь! Однажды я уже делал комикс для школьной газеты, но это реальный шанс стать МЕГАЗВЕЗДОЙ.

В объявлении говорилось, что они не принимают комиксы с животными, и, кажется, я знаю почему. Всё из-за этого комикса про пса «Драгоценный Пучи», который выходит не меньше полувека.

Чувак, который его делал, давным-давно умер, но его комиксы всё ещё в ходу.

Не могу сказать, смешные они или нет, потому что, честно говоря, человеку моего возраста многие из них просто непонятны.

Вообще-то газета неоднократно пробовала от этого комикса избавиться, но всякий раз, когда они пытались это сделать, из всех щелей выползали фанаты «Драгоценного Пучи» и поднимали жуткую шумиху. Видно, этот пёс из комикса стал этим людям как родной.

Когда газета пыталась распрощаться с «Драгоценным Пучи» в прошлый раз, к редакции подкатило четыре автобуса с пенсионерами из дома престарелых, которые уехали только после того, как старички добились своего.

Суббота

Сегодня утром мама была подозрительно жизнерадостна, и я решил, что это неспроста.

В десять часов она велела нам всем садиться в универсал, и, когда я спросил её, куда мы поедем, она ответила, что это «сюрприз».

Я заметил, что мама положила в багажник солнцезащитный крем, купальные костюмы и прочие причиндалы, поэтому решил, что мы, наверное, отправимся на пляж.

Но, когда я спросил *её*, прав ли я, она ответила, что это место гораздо ЛУЧШЕ, чем пляж.

Куда бы мы ни намылились, путь наш был не близким. А сидеть на заднем сиденье с Родриком и Мэнни было не очень-то прикольно.

Мэнни сидел на бугорке между мной и Родриком.
В один прекрасный момент Родрик решил сказать
Мэнни, что бугорок – самое фиговое место в машине,
потому что он малюсенький и жутко неудобный.

Ну и Мэнни, понятное дело, закатил истерику.

В конце концов маму с папой доконали его вопли.
Мама сказала, что теперь моя очередь сидеть на
бугорке, потому что я ближе Мэнни по возрасту, и это
будет «справедливо». Так что каждый раз, когда папа
наезжал на рытвину, я ударялся головой о потолок
машины.

К двум часам я здорово проголодался и спросил, не могли бы мы притормозить у какого-нибудь фастфуда. Папа наотрез отказался, сказав, что в фастфуде работают «идиоты».

Что ж, я знаю, почему он так думает. Каждый раз, когда папа отправляется в бистро рядом с нашим домом, где предлагают жареных цыплят, он пытается сделать заказ через мусорный бак.

Я увидел на указателе надпись «пиццерия» и начал упрашивать маму с папой разрешить нам там поесть. Но мама, по-видимому, хотела сэкономить денег, потому что запаслась провизией.

Через полчаса мы въехали на огромный паркинг, и я тут же понял, куда мы прибыли.

Мы бывали в аквапарке «Весёлые горки», когда были детьми. Я хочу сказать — МАЛЕНЬКИМИ детьми. Это место годится лишь для ровесников Мэнни.

Мама, должно быть, услышала наши с Родриком стоны
с заднего сиденья. Она сказала, что мы отлично
отдохнём всей семьёй и что эта поездка станет самым
запоминающимся событием лета.

У меня не очень приятные воспоминания об аквапарке
«Весёлые горки». Однажды дедушка привёз меня сюда
и оставил возле водных горок почти на целый день.
Он сказал, что пойдёт почитает книжку, а часика
через три меня заберёт. Но ни на какие горки я не
попал, потому что увидел при входе надпись.

Я решил, что самостоятельно кататься на горках могут
только те, кому больше сорока восьми лет, но, как
оказалось, две чёрточки рядом с цифрой означали
дюймы.

Так что я прослонялся возле водных горок целый день, дожидаясь, когда дедушка вернётся и отведёт меня покататься, а когда он вернулся, пора было уходить.

У Родрика тоже далеко не лучшие воспоминания об аквапарке «Весёлые горки». В прошлом году его рок-группу пригласили выступить на сцене рядом с волновым бассейном. Группа Родрика попросила чуваков из аквапарка снабдить их дымовой машиной для спецэффектов.

Но кто-то что-то напутал, и вместо дымовой машины группу Родрика снабдили ПУЗЫРЬКОВОЙ машиной.

Я понял, почему мама повезла нас в аквапарк:
сегодня семьи могли попасть сюда за полцены.
Но, похоже, мы были далеко не единственной семьёй,
которая решила сегодня сюда приехать.

Когда мы вошли на территорию, мама взяла напрокат
тележку для Мэнни. Я убедил её доплатить ещё немного
и взять двухместную тележку, потому что догадывался, что
день будет долгим и хотел поберечь силы.

Мама припарковала тележку возле волнового бассейна, в котором сидело столько народу, что воды почти не было видно. После того, как мы намазались солнцезащитным кремом и нашли, где присесть, я почувствовал, как на меня упало несколько капель дождя, а потом я услышал раскаты грома. Затем по репродуктору объявили:

ВВИДУ ГРОЗЫ АКВАПАРК «ВЕСЁЛЫЕ ГОРКИ» ЗАКРЫВАЕТСЯ. БЛАГОДАРИМ ЗА ТО, ЧТО ПОСЕТИЛИ НАС. ХОРОШЕГО ВАМ ДНЯ!

Все бросились к выходу и расселись по машинам. Но из-за того, что столько машин разом тронулось с места, образовался затор.

Мэнни пытался развлекать нас шутками. Поначалу мама с папой его поощряли.

Но довольно скоро шутки Мэнни стали бессмысленными.

Бензин был на исходе, так что нам пришлось выключить кондиционер и ждать, когда машины разъедутся.

Мама сказала, что у неё разболелась голова, и переместилась на заднее сиденье, чтобы прилечь. Через час пробка наконец рассосалась, и мы выехали на шоссе.

Мы остановились подзаправиться и примерно через сорок пять минут были дома. Папа попросил меня разбудить маму, но когда я заглянул на заднее сиденье, то мамы там не оказалось.

Сначала мы никак не могли понять, куда она подевалась. Но потом сообразили, что единственное место, где она может быть, – это бензозаправка. Она, наверное, вышла из машины, чтобы воспользоваться туалетом, а мы этого не заметили.

Ну, конечно! Именно на бензозаправке она и осталась. Мы были рады её видеть, но, думаю, что она была не очень рада видеть НАС.

Всю обратную дорогу мама молчала. Что-то подсказывает мне, что она была сыта по горло семейным отдыхом, и это было здорово, потому что я тоже был им сыт.

Воскресенье
И зачем только мы поехали в этот аквапарк! Если бы мы остались дома, моя рыбка была бы жива.

Перед поездкой я покормил её, и мама сказала, чтобы я заодно покормил и рыбку Родрика. Рыбка Родрика живёт в банке, которая стоит на холодильнике, и я больше чем уверен, что Родрик ни разу не покормил свою рыбку и не почистил её банку.

Мне кажется, что рыбка Родрика питается водорослями, которые выросли на стекле.

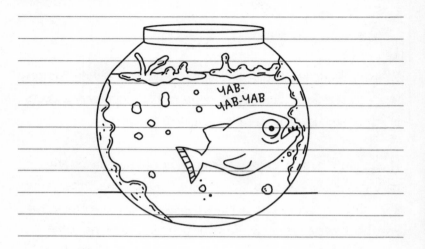

Увидев банку Родрика, мама пришла в ужас. Поэтому она выловила из неё его рыбку и выпустила ту в мою банку.

Когда мы вернулись из аквапарка, я первым делом направился на кухню покормить свою рыбку. Но моя рыбка исчезла, и я сразу понял, что с нею стало.

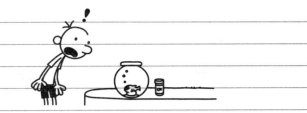

У меня даже не было времени погоревать о ней, потому что сегодня был День отца, и нам всем пришлось сесть в машину и отправиться к дедушке на ланч.

И вот что я вам скажу: если я когда-нибудь стану папой, то вы никогда не увидите, как я надеваю рубашку и галстук и отправляюсь в дом престарелых на День отца. Я буду РАЗВЛЕКАТЬСЯ сам по себе совсем в других местах. Но мама сказала, что было бы хорошо, если бы три поколения мужчин семейства Хэффли собрались и провели время вместе.

Вероятно, ел я без особого аппетита, потому что папа спросил меня, что случилось. Я сказал ему, что расстроен, потому что у меня умерла рыбка. Папа ответил, что не знает, что сказать, потому что у него не умирал питомец.

Он сказал, что в детстве у него был пёс по кличке Кексик, но Кексик убежал на ферму, где разводят бабочек.

Историю про Кексика, удравшего на ферму с бабочками, я слыхал миллион раз, но не хотел быть грубым и прерывать папу.

Когда папа закончил свой рассказ, слово взял дедушка и сказал, что хочет сделать «признание». Он сказал, что вообще-то Кексик ни на какую ферму с бабочками не убегал. Дедушка сказал, что НА САМОМ ДЕЛЕ он его нечаянно переехал, когда выезжал задним ходом с аллеи.

Дедушка сказал, что историю про ферму, где разводят бабочек, он сочинил для того, чтобы не рассказывать папе правду, но что теперь они могут над этим посмеяться.

Но папа пришёл в ЯРОСТЬ. Он велел нам сесть в машину и оставил дедушку с неоплаченным счётом. Всю обратную дорогу папа молчал. Он высадил нас у дома и тут же умчался.

ВЖ-ЖЖ-ЖИК

Папы долго не было, и я начал думать, что, возможно, он решил потратить оставшуюся часть дня на себя. Но через час он объявился с огромной коробкой в руках.

Папа поставил коробку на пол и – хотите верьте, хотите нет, – но в ней оказалась СОБАКА. Мама, похоже, была не слишком довольна тем, что папа купил собаку *без её* ведома.

Думаю, что без маминого ОДОБРЕНИЯ папа даже штанов *себе* ни разу не купил. Но мне кажется, она поняла, что папа счастлив, и потому позволила ему *её* оставить.

За ужином мама сказала, что мы должны придумать собаке имя.

Я хотел дать ей какую-нибудь крутую кличку – Шредер, например, или Зубоскал, но мама сказала, что это слишком «грубо».

Варианты Мэнни были ещё хуже. Он хотел назвать собаку, как животное, – типа Слон или Зебра.

Родрику эта идея понравилась, и он сказал, что собаку нужно назвать Черепахом.

Мама сказала, что собаку нужно назвать Пупсенькой. Я подумал, что ничего не может быть ужаснее Пупсеньки, потому что собака – МАЛЬЧИК, а не девочка.

Но не успели мы выразить свой протест, как папа поддержал маму.

Я думаю, что папа был готов поддержать любое мамино предложение, лишь бы оно не означало, что он должен унести собаку обратно. Но что-то подсказывает мне, что дядя Джо не одобрит кличку нашей собаки.

Папа велел Родрику сходить в торговый центр, купить там собачью миску и попросить продавцов выгравировать на ней кличку нашей собаки. Вот с чем вернулся Родрик:

Видите, что получается, когда с поручением отправляют такого первостатейного грамотея, как Родрик.

Среда
Первые дни я был просто счастлив, что у нас появилась собака, а теперь испытываю иные чувства.

Эта собака начинает действовать мне на нервы. Несколько дней назад по телевизору стали крутить рекламу с сусликами, которые вышмыгивают из норок и снова в них прячутся. Пупс проявил к ним интерес, и папа произнёс:

Пупс завёлся и начал тявкать на телевизор.

С тех пор Пупс тявкает на телевизор ВСЁ ВРЕМЯ,
замолкая только тогда, когда появляется реклама
с сусликами.

Но что меня бесит больше всего, так это то, что Пупс
предпочитает спать в моей кровати, и я боюсь, что он
откусит мне руку, если я попытаюсь его подвинуть.

И он не просто спит в моей кровати. Он спит аккурат
посредине кровати.

Каждое утро папа приходит ко мне в семь утра,
чтобы разбудить Пупса на прогулку. Но сдаётся мне,
у нас с этим псом есть нечто общее, потому что он
так же, как и я, большой любитель не вылезать утром
из постели. Поэтому папа начинает включать
и выключать свет, чтобы он поднялся.

Вчера папе не удалось растормошить Пупса, поэтому он придумал нечто новенькое. Он подошёл к парадной двери и нажал на звонок, отчего Пупс пулей вылетел из кровати.

Единственная проблема была в том, что он воспользовался моим лицом как трамплином.

Должно быть, сегодня утром шёл дождь, потому что, когда Пупс вернулся с прогулки, он был весь мокрый и дрожал. Он попытался пробраться ко мне под одеяло, чтобы согреться. К счастью, благодаря бурой руке я был отлично подготовлен к такого рода ситуациям и не дал ему просочиться.

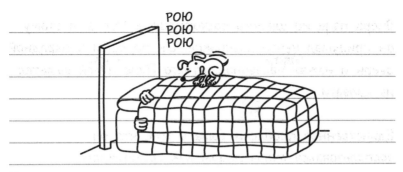

Четверг

Этим утром папа, **КАК НИ СТАРАЛСЯ**, так и не смог вытащить пса из моей кровати. Поэтому папа отправился на работу, а примерно через час Пупс разбудил меня, требуя вывести его на прогулку. Я завернулся в одеяло, выпустил пса на улицу, а сам стоял возле двери и ждал, когда он сделает свои дела. Но Пупс решил дать стрекача, и мне пришлось пуститься за ним в погоню.

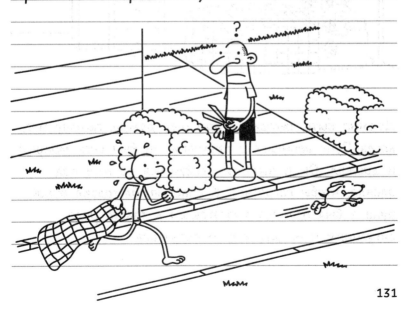

Знаете, до появления Пупса моё лето было вполне себе сносным. Но он лишил меня двух самых важных вещей в моей жизни – телевизора и сна.

А известно ли вам, как папа распекает меня за то, что я валяю дурака? А Пупс, между прочим, валяет дурака не меньше моего, но папа БЕЗ УМА от этой собаки.

Правда, мне кажется, что Пупс не отвечает ему взаимностью. Папа всё время пытается добиться от Пупса поцелуя в нос, но Пупс не желает целовать его в нос.

Я прекрасно понимаю, почему Пупс не испытывает любви к папе.

Единственный человек, которого Пупс по-настоящему любит, – это мама, хоть она и не обращает на него никакого внимания. И это начинает выводить папу из себя.

Я думаю, что Пупс просто любит женщин. И это нас с ним тоже роднит.

ИЮЛЬ

Суббота

Вчера вечером я работал над новым комиксом, который сможет занять место «Милого малыша». Я понимал, что борьба за вакансию будет нешуточная, поэтому мне хотелось придумать нечто такое, что действительно было бы ни на что не похоже. Я придумал комикс «Эй, народ!», который комикс только на одну половину, а на другую – колонка советов. Я подумал, что с его помощью смогу улучшить этот мир – по крайней мере, в СОБСТВЕННЫХ интересах.

ДЕЛАЯ ЗАКАЗ В ФАСТФУД-РЕСТОРАНЕ, ПОСТАРАЙТЕСЬ РЕШИТЬ, ЧЕГО ВЫ ХОТИТЕ, ДО ТОГО, КАК ПОДОЙДЕТ ВАША ОЧЕРЕДЬ.

Я смекнул, что, поскольку папа читает комиксы, я мог бы написать кое-что, что было бы полезно знать и ему.

Вчера вечером я мог бы придумать кучу картинок с подписями, но меня бесил Пупс, и я не мог сосредоточиться.

Пока я рисовал, пёс сидел на моей подушке, увлечённо вылизывая лапы и хвост.

ХЛЮПС
ХЛЮПС
ХЛЮПС

Каждый раз, когда Пупс этим занимается, мне нужно не забыть перевернуть перед сном подушку.
Вчера я забыл это сделать и положил голову прямо на влажное пятно.

Кстати, о вылизывании: вчера вечером Пупс наконец-то поцеловал папу. Видно, он сделал это потому, что от папы пахло картофельными чипсами, а собаки, похоже, автоматически реагируют на такие вещи.

Мне не хватило духу сказать папе, что последние полчаса Пупс вылизывал на моей подушке свой задний проход.

Ладно, надеюсь, что сегодня я ещё смогу придумать несколько картинок для своего комикса, потому что завтра мне будет не до работы. Завтра — Четвёртое июля, и мама ведёт всю семью в городской бассейн.

Я пытался откосить от этого дела — главным образом потому, что хочу дожить до конца лета как-нибудь так, чтобы мне больше не пришлось шагать мимо дядек в душевой. Но мама, кажется, рассчитывает на ещё один незабываемый семейный день этим летом, так что сопротивляться бесполезно.

Понедельник

Четвёртое июля началось для меня паршиво. Войдя в помещение бассейна, я попытался как можно скорее проскочить раздевалку. Но дядьки в душевой оказались не в меру разговорчивыми и начали лезть ко мне с вопросами.

Потом мама сказала, что забыла в машине солнечные очки, так что мне пришлось ЕЩЁ РАЗ идти мимо душевой. На обратном пути я надел мамины солнечные очки, давая понять, что разговоры мне неинтересны, но это несильно мне помогло.

Нет, серьёзно, я был бы очень благодарен этим дядькам, если бы они сначала принимали душ у себя дома, а потом уже шли в бассейн. Потому что если хотя бы раз увидишь человека в подобном виде, уже невозможно смотреть на него прежними глазами.

После того, как раздевалка осталась позади, ситуация не сильно улучшилась. Бассейн выглядел так же, как я его помнил, – только народу было гораздо больше. Видимо, все дружно решили провести Четвёртое июля у воды.

Бассейн опустел лишь один-единственный раз – когда спасатель объявил пятнадцатиминутный перерыв и всем детям пришлось вылезти из воды.

Я думаю, этот пятнадцатиминутный перерыв устраивают для того, чтобы взрослые могли немного поплескаться в бассейне, но мне непонятно, какой кайф они могут от этого получить, когда вокруг стоят триста ребятишек и с нетерпением ждут, когда же перерыв закончится.

Когда я был помоложе, то во время пятнадцатиминутного перерыва ходил плавать в малышовый бассейн, но это было до того, как я узнал, что там происходит.

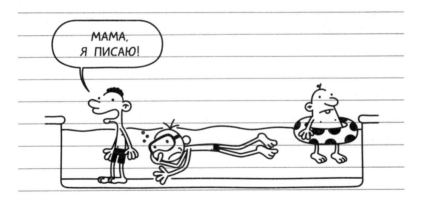

МАМА, Я ПИСАЮ!

Единственное место в зоне бассейна, где бардака было поменьше, находилось в самом дальнем конце – там, где стояли вышки для прыжков в воду. Я не был там с тех пор, как Родрик уговорил меня прыгнуть с мостика, – мне тогда было восемь лет.

Родрик всячески уговаривал меня прыгнуть,
но я жутко боялся подниматься по высокой лестнице.
Он сказал, что мне нужно побороть свой страх, иначе
мне не стать мужиком.

3 МЕТРА

Потом в один прекрасный день Родрик сказал, что на
вышке стоит клоун и раздаёт бесплатные игрушки,
и это меня заинтересовало.

Когда я раскусил подвох, было уже слишком поздно.

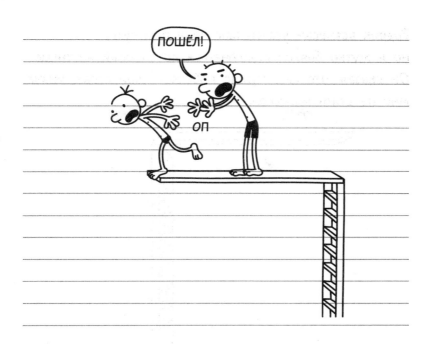

Ладно, что было, то было. Сегодня мама привезла нас в бассейн для того, чтобы посетить зону пикника, потому что здесь давали бесплатные арбузы.

Но меня настораживают арбузы. Родрик говорит, что, если съешь семечки, арбуз вырастет у тебя в животе.

Я не знаю, говорит ли он правду или привирает, но до школы остаётся пара месяцев, так что я не хочу рисковать.

Когда начало смеркаться, все расстелили одеяла на лужайке, чтобы смотреть салют. Мы долго сидели, уставившись в небо, но всё без толку.

Потом по репродуктору объявили, что шоу отменяется, потому что вчера кто-то оставил пиротехнику под дождём и она промокла. Некоторые малыши начали реветь, поэтому кое-кто из взрослых попытался устроить салют собственными силами.

К счастью, в это самое время салют начался
в элитном загородном клубе. За макушками деревьев
было не очень хорошо видно, но, думаю, на это уже
всем было наплевать.

<u>Вторник</u>

Сегодня утром я сидел на кухне, листая за столом комиксы, и вдруг наткнулся на нечто такое, от чего чуть не поперхнулся кукурузными хлопьями.

Это было рекламное объявление «Скоро в школу!», занявшее целый разворот, где его мог видеть каждый ребёнок.

СКОРО В ШКОЛУ!

Мегараспродажа!

БРЮКИ, ДЖЕМПЕРЫ, КОМБИНЕЗОНЫ, ПЛИССИРОВАННЫЕ ЮБКИ, ЖИЛЕТКИ И МНОГОЕ, МНОГОЕ ДРУГОЕ!

ТОЛЬКО У МОРТИ!

СКИДКА НА ВСЕ ТОВАРЫ 50%

Я не могу поверить, что это действительно ЗАКОННО – печатать рекламное объявление «Скоро в школу!», когда до начала школьных занятий остаётся ещё целых два месяца. Кто бы за этим ни стоял, он наверняка является детоненавистником.

Уверен, что такого типа реклама скоро начнёт появляться на каждом шагу, а дальше – сами знаете: мама скажет, что пора отправляться в магазин за одеждой. А с мамой на это дело уйдёт весь день.

Поэтому я спросил маму, можно ли мне отправиться за одеждой с папой, и она сказала «да». Думаю, она решила, что это хорошая возможность укрепить отцовско-сыновьи отношения.

Но я сказал папе, что он может сходить за покупками без меня и выбрать всё, что ему понравится.

И ЭТО было глупо с моей стороны, потому что все покупки папа сделал в аптеке.

Это объявление ещё больше испортило и без того незадавшийся день. Утром снова шёл дождь, поэтому Пупс попытался залезть ко мне под одеяло, когда папа привёл его с прогулки.

Должно быть, я потерял сноровку, потому что пёс нашёл лазейку между одеялом и кроватью и просочился ко мне.

И вот что я вам скажу: нет ничего ужаснее, чем оказаться под одеялом с мокрым псом, который ползает по вам, а вы лежите в одном нижнем белье.

Я всё ещё не мог прийти в себя после эпизода
с Пупсом и этого объявления «Скоро в школу!»,
как вдруг мой день заиграл радужными красками.
Мама распечатала фотки с Четвёртым июля
и оставила их на кухонном столе.

На одной из фоток на заднем плане виднелся спасатель.
Я не был уверен на сто процентов, но почти
не сомневался, что спасателем была Хизер Хиллс.

Вчера в бассейне было столько народу, что я даже не заметил спасателей. И если на фотографии действительно БЫЛА Хизер Хиллс, я не могу поверить, что проглядел её.

Хизер Хиллс – сестра Холли Хиллс, самой симпатичной девочки в нашем классе. Но Хизер учится в СТАРШИХ классах, а это вам не малолетки.

ХИЗЕР
ХИЛЛС

ХОЛЛИ
ХИЛЛС

Из-за этой самой Хизер я пересмотрел свои взгляды на городской бассейн. И начинаю пересматривать их и по поводу ЛЕТА. С появлением Пупса сидеть дома стало тем ещё удовольствием, и я понял, что нужно срочно действовать, иначе я не смогу сказать о своих каникулах ничего хорошего.

Так что с завтрашнего дня я начинаю новую жизнь.
И будем надеяться, что к началу школьных занятий
у меня получится закадрить девчонку из старших
классов.

Среда

Мама очень обрадовалась, что я хочу отправиться
в бассейн вместе с ней и Мэнни, и сказала, что
гордится тем, что на первом месте для меня наконец-
то оказалась семья, а не видеоигры. Я ни словом не
обмолвился о Хизер Хиллс, потому что не считаю
нужным посвящать маму в свою личную жизнь.

Когда мы прибыли на место, я хотел было сразу направиться в зону бассейна, чтобы посмотреть, дежурит ли Хизер. Но потом сообразил, что мне нужно быть во всеоружии, если сегодня её смена.

Поэтому я заскочил в туалетную комнату и от души намазался маслом для загара. Потом сделал несколько упражнений для пресса, чтобы накачать кубики.

На всё про всё у меня ушло минут пятнадцать. Я разглядывал себя в зеркало, когда услышал, как кто-то кашлянул в кабинке.

Это здорово меня смутило, потому что, кто бы там ни находился, он мог наблюдать за тем, как я играю мускулами перед зеркалом. И если этот кто-то смахивал на МЕНЯ, он не мог покинуть кабинку, пока в туалете находились посторонние.

Я смекнул, что человек в кабинке не мог видеть моего лица, так что, по крайней мере, он не знал, кто я такой. Я уже собирался выскользнуть из туалета, когда услышал мамин голос за дверью.

Маме хотелось знать, что я так долго делал в туалете и почему я «весь лоснюсь», но я уже смотрел мимо неё, выискивая взглядом Хизер Хиллс. Ну, конечно, она была на своём месте! Я прямиком направился к ней и припарковался под её мостиком.

Время от времени я отпускал какую-нибудь шуточку, что, надо думать, производило на Хизер впечатление.

Я подносил Хизер воду, когда мне казалось, что ей нужно подзаправиться, а когда какой-нибудь ребятёнок начинал шалить, я призывал его к порядку, чтобы Хизер не утруждалась.

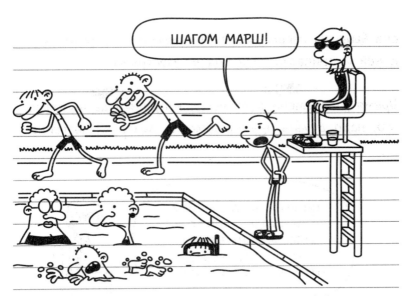

Когда Хизер перемещалась на другую позицию, я следовал за ней в следующий пункт назначения. Каждый четвёртый раз я оказывался напротив мамы. И позвольте вам заметить, что не так-то это просто обхаживать девушек, когда в двух шагах от вас сидит ваша мама.

Мне остаётся только надеяться, что Хизер знает, что ради неё я готов на ВСЁ. Если ей нужен кто-то, кто бы мог намазать ей спину лосьоном для загара или обтереть ее полотенцем после того, как она окунётся в бассейне, я всегда к её услугам.

Я почти всё время протусовался с Хизер, пока мама не сказала, что пора уходить. По дороге домой я думал, что если проведу остаток каникул так, как провёл этот день, то это лето станет ЛУЧШИМ летом в моей жизни, как и предсказывала мама. Единственное, что способно разрушить моё будущее, это дурацкая бурая рука. Я уверен, что она объявится в самый неподходящий момент и всё испортит.

ГРЕГ ХЭФФЛИ, БЕРЁТЕ ЛИ ВЫ В ЗАКОННЫЕ ЖЁНЫ ХИЗЕР ХИЛЛС?

ТУК-ТУК

<u>Среда</u>

Всю прошлую неделю я провёл в компании Хизер.

Я подумал, что мои школьные приятели ни за что мне не поверят, если я расскажу им про нас с Хизер, поэтому я попросил маму сфоткать меня возле мостика спасателя.

У мамы не оказалось с собой фотоаппарата, поэтому ей пришлось воспользоваться мобильником. Но она никак не могла сообразить, как сделать фотку, и мне пришлось битый час простоять возле мостика, чувствуя себя полным идиотом.

Наконец мне удалось растолковать маме, на какую кнопку нужно нажать, но, когда она на неё нажимала, камера была направлена в противоположную сторону, и она сфоткала себя. Теперь вы понимаете, почему я не устаю повторять, что производители гаджетов только зря тратят время и деньги на таких отсталых потребителей, как взрослые.

Я добился, чтобы мама направила камеру на меня, но в этот самый момент кто-то позвонил, и она ответила на звонок.

АЛЛО! БАРБАРА? НЕУЖЕЛИ ЭТО ТЫ?

Мама поболтала минут пять, а когда закончила, Хизер уже переместилась на другой мостик. Но это не помешало маме меня сфоткать.

ЩЁЛК

Пятница

У меня назревает проблема: я не могу больше
рассчитывать на то, что мама будет возить меня
в бассейн. Мама не хочет ездить в бассейн каждый
день, а когда она туда ЕДЕТ, то остаётся там лишь на
несколько часов.

Я бы предпочёл сидеть в бассейне до самого
закрытия, чтобы как можно больше времени проводить
с Хизер. Я не хотел просить Родрика подбрасывать
меня в бассейн на своём фургончике, потому что он
всё время усаживает меня в кузов, где нет сидений.

Я понял, что мне необходимо СОБСТВЕННОЕ
транспортное средство, и вчера мне посчастливилось
его найти.

Кто-то из наших соседей оставил у тротуара ненужный велик, и я прибрал его к рукам, пока меня не опередили другие.

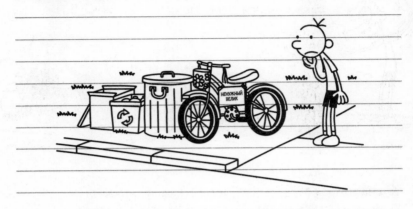

Я доехал на велике до дома и поставил его в гараж. Когда папа его увидел, то сказал, что это «девчачий велик» и мне нужно от него избавиться.

Но я назову вам как минимум две причины, почему девчачий велик лучше мальчикового. Первая: у девчачьих моделей большие мягкие сиденья, а это очень удобно, когда едешь на велике в плавках.

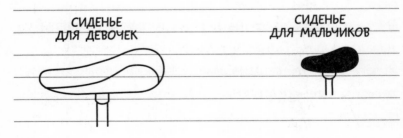

СИДЕНЬЕ
ДЛЯ ДЕВОЧЕК

СИДЕНЬЕ
ДЛЯ МАЛЬЧИКОВ

А вторая — у девчачьих великов имеются корзинки,
привинченные к рулю, в которые можно класть
видеоигры и лосьон для загара. Плюс ко всему,
у моего велика имелся звоночек, что было ОЧЕНЬ
кстати.

Понедельник

Мне бы следовало догадаться, что велик, оставленный
возле мусорных баков, долго не протянет.

Вчера я возвращался на нём из бассейна домой, и он
начал вихлять. Потом у него отлетело переднее
колесо, так что сегодня мне пришлось просить маму
отвезти меня в бассейн.

Когда мы туда прибыли, мама сказала, что я должен взять Мэнни в мужскую раздевалку. Она сказала, что Мэнни взрослеет и она уже не может водить его через женскую раздевалку, что, видимо, надо понимать так, что ситуация в душевой у них ничем не лучше, чем у нас.

Провести Мэнни из одного конца раздевалки в другой можно было бы за пять секунд, но вместо пяти секунд на это ушло минут десять.

Мэнни всюду ходит с мамой и потому НИКОГДА не был в мужской душевой. Ему всё было интересно, и он хотел сам всё посмотреть. В какой-то момент мне пришлось оттаскивать его от писсуара, в котором он хотел помыть руки, решив, по-видимому, что это раковина.

Мне не хотелось, чтобы, проходя мимо душевой, Мэнни видел то же, что и я. Поэтому, перед тем как отправиться к душевым кабинкам, я достал из сумки полотенце, намереваясь закрыть Мэнни глаза. Но за те две секунды, что я доставал полотенце, Мэнни исчез. И вы ни за что не поверите, когда узнаете, куда он пошёл.

Я понял, что мне нужно спасать Мэнни, поэтому я как можно сильнее зажмурился и шагнул в душевую, чтобы прийти ему на выручку.

Я страшно переживал, что могу как-нибудь ненароком задеть одного из этих чуваков, и в какой-то момент мне показалось, что это случилось.

Мне пришлось открыть глаза, чтобы отыскать Мэнни, — я схватил его в охапку и бросился наутёк.

Когда мы оказались на другом конце раздевалки, Мэнни выглядел как огурчик, но я сильно сомневаюсь, что мне когда-нибудь удастся полностью оправиться от того, что я пережил.

Я кое-как доковылял до своего места под мостиком Хизер. Через некоторое время я стал делать глубокие вдохи, чтобы восстановить эмоциональное равновесие.

Через пять минут какой-то ребятёнок, по-видимому объевшийся мороженого, срыгнул рядом с мостиком, на котором сидела Хизер. Хизер посмотрела на кучку, а потом в мою сторону, словно ожидая от меня чего-то. Думаю, самым благородным делом было бы убрать эту бяку вместо Хизер, но это никак не входило в мои полномочия.

Так или иначе последнее время я много размышлял и пришёл к выводу, что мне нужно немного охладить свой пыл. К тому же в следующем году Хизер уедет поступать в колледж, а вся эта любовь на расстоянии – просто детский сад, от которого, похоже, никогда не было особого толку.

АВГУСТ

<u>Вторник</u>
Сегодня в супермаркете мы столкнулись с Джефферсонами. Мы с Роули не разговариваем больше месяца, поэтому ситуация была довольно неловкая.

Миссис Джефферсон сказала, что они покупают продукты для поездки на море, куда они собираются отправиться на следующей неделе. Это меня разозлило, потому что отправиться туда этим летом должны были МЫ. Но тут миссис Джефферсон сказала нечто такое, от чего я просто опешил.

Мистер Джефферсон был явно не в восторге от этой идеи, но не успел он открыть рот, как подсуетилась мама.

Вся эта ситуация показалась мне довольно подозрительной. Я не исключаю, что это могло быть подстроено – мамой и миссис Джефферсон, – чтобы помирить нас с Роули.

Поверьте, Роули – ПОСЛЕДНИЙ человек, с кем бы мне хотелось провести неделю. Но потом я сообразил, что если отправлюсь на море с Джефферсонами, то смогу покататься на Мозготрясе. Так что, возможно, моё лето не будет совсем уж пропащим.

Понедельник
Я понял, что совершил ошибку, отправившись с Джефферсонами в пляжное путешествие, когда увидел, где мы будем жить.

Моё семейство обычно снимает квартиру в какой-нибудь высотке на набережной, а Джефферсоны поселились в деревянной хижине, стоявшей в пяти милях от пляжа. В хижине не было ни телевизора, ни компьютера – там вообще не было НИЧЕГО, что имело бы экран.

Я поинтересовался, какие здесь предусмотрены развлечения, и миссис Джефферсон ответила:

ВЫ МОЖЕТЕ ЧИТАТЬ КНИГИ!

Я подумал, что это смешная шутка, и уже собирался сказать Роули, что у него забавная мама. Но через секунду миссис Джефферсон вернулась со стопкой материалов для чтения.

Так что теперь у меня не осталось никаких СОМНЕНИЙ в том, что наши мамы сговорились.

Вся семейка Джефферсонов читала книжки, пока не наступило время идти ужинать. Блюда были на уровне, а вот десерт – жуть. Миссис Джефферсон из тех мамаш, которые любят подсовывать вам в еду всякую полезную для здоровья дрянь, поэтому её брауни был полон шпината.

Идея добавлять тёртые овощи в детские десерты не кажется мне удачной, потому что так дети никогда не узнают их настоящий вкус.

Свой первый нормальный брауни Роули съел у меня дома, и, поверьте, выглядело это не слишком эстетично.

После ужина миссис Джефферсон собрала нас в гостиной поиграть в игры. Я надеялся, что мы поиграем во что-нибудь нормальное – перебросимся в картишки, например, но у Джефферсонов были свои представления об увлекательных играх.

Джефферсоны играли в игру «Я люблю тебя, потому что», и, когда очередь дошла до меня, я сказал, что я пас.

Потом мы играли в шарады, и, когда очередь дошла до Роули, он стал собакой.

Около девяти часов мистер Джефферсон сказал, что пора ложиться спать. И вот тут-то я обнаружил, что в хижине Джефферсонов со спальными местами ещё хуже, чем с развлечениями.

В нашей комнате была только одна кровать, поэтому
я сказал Роули, что мы могли бы заключить сделку:
бросив монетку, решить, кому спать на кровати,
а кому на полу.

Но Роули взглянул на ковролин с жёстким ворсом
и решил не рисковать. Мне тоже не очень-то хотелось
спать на полу. Поэтому я забрался на кровать,
стараясь держаться от Роули как можно дальше.

Роули тут же захрапел, а я не мог сомкнуть глаз из-за
того, что половина моего туловища свисала с кровати.
Когда я начал наконец засыпать, Роули вдруг завопил
как резаный.

На секунду мне показалось, что до нас добралась бурая рука.

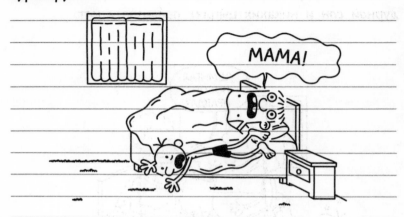

Родители Роули тут же примчались, чтобы выяснить, что случилось.

Роули сказал, что ему приснился кошмар: ему привиделось, будто под ним прячется цыплёнок.

Поэтому следующие двадцать минут родители Роули пытались его успокоить, говоря, что это просто был дурной сон и никаких цыплят поблизости нет.

Никто не счёл нужным поинтересоваться, как себя чувствую я, шлёпнувшись с кровати лицом вниз.

Остаток ночи Роули спал в комнате родителей, что было мне только на руку. Потому что без Роули и его цыплячьих сновидений я смог отлично выспаться.

Среда
Я торчу в этой хижине уже три дня и начинаю сходить с ума.

Я пытаюсь упросить мистера и миссис Джефферсон сводить нас на набережную, но они говорят, что там слишком шумно.

Ещё ни разу в жизни я не оставался без телевизора, компьютера или видеоигр так надолго и начинаю отчаиваться. Когда мистер Джефферсон работает поздно ночью на своём ноутбуке, я потихонечку спускаюсь вниз и наблюдаю за ним, чтобы хоть одним глазком поглядеть, что делается в мире.

Пару раз я просил мистера Джефферсона дать мне попользоваться его ноутбуком, но он говорит, что это его «рабочий ноутбук» и он не хочет, чтобы я что-нибудь испортил. Вчера я дошёл до ручки и решился на отчаянный шаг.

Когда мистер Джефферсон отлучился в туалет, я воспользовался своим шансом.

Я настрочил маме электронное письмо так быстро, как только мог, и бросился наверх в кровать.

КОМУ: ХЭФФЛИ СЬЮЗАН
~~**ТЕМА:** SOS~~

~~СПАСИТЕ СПАСИТЕ ВЫТАЩИТЕ МЕНЯ ОТСЮДА ЭТИ ЛЮДИ СВОДЯТ МЕНЯ С УМА~~

Когда я спустился сегодня к завтраку, то по виду мистера Джефферсона понял, что он не слишком рад меня видеть.

Как оказалось, я отправил сообщение с его рабочей почты, и мама прислала ответ.

КОМУ: ДЖЕФФЕРСОНУ РОБЕРТУ
ТЕМА: RE: SOS

Семейный отдых может быть настоящим испытанием!
Грегори там хорошо себя ведёт?

СЬЮЗАН

Я решил, что мистер Джефферсон будет меня пропесочивать, но он не произнёс ни слова. А миссис Джефферсон сказала, что, может быть, попозже мы сходим на пару часиков на набережную.

Это же было всё, о чём я просил! Пара часиков - это всё, что мне нужно.

Если мне к тому же удастся покататься на Мозготрясе, то поездку можно будет считать зачётной.

Пятница
Я вернулся домой на два дня раньше, чем планировал, и если хотите знать почему, то готовьтесь слушать – это долгая история.

Вчера Джефферсоны взяли нас с Роули на набережную. Я хотел сразу же отправиться к Мозготрясу, но там оказалась очень большая очередь, поэтому мы решили немного подкрепиться и вернуться позже.

Мы купили мороженое, но миссис Джефферсон взяла только один рожок на четверых.

Мама дала мне с собой тридцать долларов,
и двадцать из них я продул на ярмарочном
аттракционе.

Я пытался выиграть гигантскую набивную гусеницу, но,
сдаётся мне, они там мухлюют на этих ярмарочных
аттракционах, так что выиграть у них никак
невозможно.

Роули наблюдал за тем, как я спускаю денежки,
а потом попросил папу купить ему ТОЧНО такую же
гусеницу в соседнем магазине. И по закону подлости
она обошлась ему всего в десять баксов.

Мне думается, мистер Джефферсон совершил большую ошибку, купив ему эту гусеницу, потому что теперь Роули чувствует себя победителем, хотя им не является.

В своей жизни мне довелось испытать нечто подобное. В прошлом году, когда я ходил на плавание, для нас организовали специальный заплыв, в котором пригласили меня поучаствовать.

Когда я появился в бассейне, то понял, что из НАСТОЯЩИХ пловцов никто не пришёл. Собрались одни малыши, которые ещё никогда не выигрывали никаких ленточек.

Сначала я обрадовался, потому что подумал, что впервые в жизни у меня появился шанс стать ПОБЕДИТЕЛЕМ.

Выступил я, правда, не очень. Мне нужно было одолеть стометровку вольным стилем, но я так выдохся, что последние несколько метров был вынужден ШАГАТЬ, а не плыть.

УФ-УФ-УФ!

ХЛЮПС-ХЛЮПС

ХЛЮПС-ХЛЮПС

Тем не менее судьи меня не дисквалифицировали. И вечером я получил ленточку победителя, которую вручили мне мои родители.

По правде сказать, НИ ОДИН ИЗ НАС не остался без ленточки победителя, даже Томми Лэм, который вообще плыл на спине и не в ту сторону.

Когда я пришёл домой, то был озадачен. Но потом Родрик увидел мою чемпионскую ленточку и просветил меня.

Родрик сказал, что чемпионский заплыв – это просто разводилово, придуманное родителями для того, чтобы их дети могли почувствовать себя победителями.

Судя по всему, родители полагают, что оказывают детям большую услугу, устраивая подобные мероприятия, но если вам интересно моё мнение, то я считаю, что это только усложняет им жизнь.

Помнится, когда я играл в бейсбол в детской сборной, все кричали: «Молодец!» – даже когда я мазал. А на следующий год, когда я перешёл к юниорам, все мои товарищи по команде и родители других детей начинали топать и свистеть, когда я давал маху.

Всё это я говорю вот к чему: если родителям Роули хочется, чтобы их сын был о себе высокого мнения, им придётся подбадривать его не только сейчас, когда Роули ребёнок, но и потом, когда он станет взрослым. Им придётся всюду идти с ним по жизни.

После того, как Роули купили набивную гусеницу, которую я пытался выиграть, мы отправились на набережную и ходили там взад-вперёд, дожидаясь, когда уменьшится очередь на Мозготряс. Вдруг я увидел нечто такое, что привлекло моё внимание.

Это была девушка с фотки Родрика из сувенирного брелока. Но вот что самое удивительное: она оказалась не настоящей, а ВЫРЕЗАННОЙ ИЗ КАРТОНА.

Каким же идиотом надо было быть, чтобы думать, что она может быть настоящей. Я тут же сообразил, что ТОЖЕ могу с ней сфоткаться, чтобы потом все чуваки в школе говорили: «Вау!». Возможно, мне даже удастся срубить немного деньжат, беря плату за просмотр.

Я заплатил пять баксов, чтобы меня сфоткали. Как назло ко мне ПРИСТРОИЛИСЬ Джефферсоны, так что теперь моему сувенирному брелоку грош цена.

Я пришёл в ярость, но позабыл об этом, как только увидел, что в очереди на Мозготряс осталось всего несколько человек. Я побежал к аттракциону и отдал за билет последние пять баксов.

Мне казалось, что Роули следует за мной по пятам, но в двух шагах от кассы он притормозил — видно, сдрейфил в последний момент.

Я и сам засомневался, но было уже слишком поздно. После того, как оператор аттракциона меня пристегнул, он запер кабинку, и я понял, что назад пути нет.

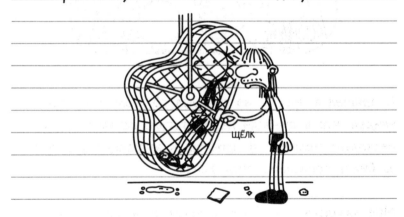

Жаль, конечно, что я не понаблюдал подольше, что Мозготряс ВЫТВОРЯЕТ с человеком, иначе бы я никогда на нём не оказался.

Сначала он миллион раз раскачивает вас вверх-вниз, а потом швыряет к земле, так что ваша физиономия оказывается всего в десяти сантиметрах от асфальта, после чего он снова начинает вас закручивать, унося под самые небеса.

И пока всё это продолжается, ваша кабинка скрипит так, что вам кажется, что она вот-вот развалится. Я пытался позвать кого-нибудь, чтобы аттракцион остановили, но меня никто не слышал из-за барабанящего хеви-метала.

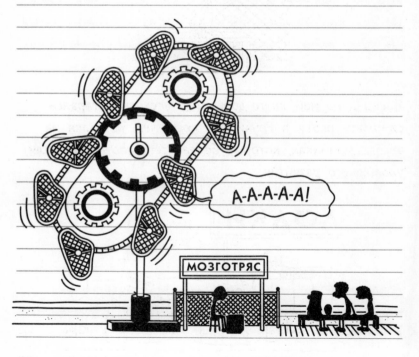

Меня мутило так, как не мутило ни разу в жизни. То есть я хочу сказать, что меня мутило в сто раз сильнее, чем после того, как я вытащил из душевой Мэнни. Если это именно то, что требуется, чтобы стать «мужиком», то я определённо к этому ещё не готов.

Когда аттракцион наконец остановили, я едва мог передвигаться. Поэтому я присел на скамеечку и подождал, пока набережная перестанет вращаться.

Я сидел на ней долго-долго, изо всех сил стараясь сдержать рвоту, а Роули тем временем резвился на аттракциончиках, которые более всего соответствовали уровню его развития.

Когда Роули покончил со своими малышовыми забавами, папа купил ему воздушный шар с резинкой и футболку из сувенирного магазина.

Через полчаса я почувствовал, что наконец-то могу попытаться встать на ноги и начать передвигаться. Но когда я поднялся со скамейки, мистер Джефферсон сказал, что пора уходить.

Я спросил у него, можно ли нам немного поиграть в автоматы, и он ответил: «ЛАДНО» – хотя явно был от этого не в восторге.

Я истратил все мамины деньги, поэтому сказал мистеру Джефферсону, что двадцать долларов вполне меня устроят, но он смог предложить мне только доллар.

Наверное, зал игровых автоматов показался мистеру и миссис Джефферсон слишком шумным, поэтому они туда не пошли. Они сказали, чтобы мы отправлялись одни и через десять минут ждали их на улице.

Я сразу пошёл в конец зала – туда, где стоит автомат «Удар грома». В прошлом году я истратил на него почти пятьдесят долларов и побил рекорд. Я хотел, чтобы Роули увидел моё имя в верхней строчке списка, потому что мне хотелось продемонстрировать ему, что значит быть настоящим победителем, а не таким, которому подносят победу на блюдечке.

Моё имя по-прежнему лидировало в списке, а тем чувакам, что шли ЗА мной, должно быть, было завидно, что они не сумели меня обойти.

```
┌─────────────────────────────────────────┐
│      ЛУЧШИЙ РЕЗУЛЬТАТ                     │
│  ─────────────────────────────────────   │
│  I. ГРЕГ ХЭФФЛИ.................25320     │
│  2. ИДИОТ .....................25310     │
│  3. ЧАЙНИК 71..................24200     │
│  Ч. БЕЗ ТОРМОЗОВ...............22100     │
│  5. ТРУС 1 ....................21500     │
│  6. МАРТЫШКА-ТЫКТЫШКА 88.......21250     │
│  7. ШАЛЬНОЙ ПЁС................21200     │
│  8. ШУСТРЯК ...................20300     │
│  9. КАРЛ-ВОРЧУН................20100     │
│  10. ЛИЗНДРЮ...................19250     │
└─────────────────────────────────────────┘
```

Я отключил автомат, чтобы стереть баллы, но они продолжали светиться на экране.

Я хотел было потратить наши денежки на какую-нибудь другую игру, но тут вспомнил один фокус, про который мне рассказывал Родрик, и понял, что наш доллар ещё может нам послужить.

Мы с Роули вышли на улицу и спрятались под мостками. Потом я просунул доллар между досками, и мы стали поджидать нашу первую жертву.

В конце концов какой-то подросток заметил торчащий между досками доллар.

Когда он приблизился, чтобы его сцапать, я втянул доллар в щель.

Мне нужно рассказать об этом Родрику, потому что это и правда была потеха.

Подросткам, которых мы разыгрывали, не слишком это понравилось, и они решили с нами разобраться. Мы с Роули дали дёру и остановились только тогда, когда поняли, что оторвались.

Но я ВСЁ РАВНО не чувствовал себя в безопасности. Я попросил Роули показать мне пару приёмов, которые он изучал на занятиях по карате, чтобы мы могли задать чувакам жару, если они нас найдут.

Но Роули сказал, что у него по карате золотой пояс и он не собирается обучать своим приёмчикам того, у кого «никакого» пояса нет. Мы постояли в нашем укрытии ещё немного, но подростки так и не появились, и мы решили, что путь свободен. И только тут до нас дошло, что мы находимся на территории парка для

малышей и прямо над нашими головами ходят сотни жертв, которые могут клюнуть на фокус с долларом. И реакция детишек оказалась ГОРАЗДО адекватнее реакции подростков.

Но один ребятёнок оказался чересчур проворным и сцапал наш доллар прежде, чем я успел утянуть его в щель. Так что нам с Роули пришлось подняться на мостки, чтобы его вернуть.

Но мальчишка заартачился. Я попытался объяснить ему, что такое частная собственность, но он ВСЁ РАВНО не желал отдавать наши деньги.

Я не знал, что мне с ним делать, как вдруг появились родители Роули. Я был очень рад их видеть, потому что смекнул: кто, как не мистер Джефферсон, сумеет научить этого шкета уму-разуму.

Но мистер Джефферсон был вне себя – он был ПРОСТО в бешенстве. Он сказал, что они с миссис Джефферсон разыскивают нас целый час и уже собирались заявлять в полицию.

А потом сказал, что мы немедленно уезжаем. Мы направились к стоянке, но нам пришлось идти мимо зала с игровыми автоматами. Я спросил мистера Джефферсона, не может ли он – пожалуйста! – дать нам ещё один доллар, раз у нас не вышло потратить предыдущий.

Но, видимо, я попросил о чём-то таком, о чём не нужно было просить, потому что мистер Джефферсон, ни слова не говоря, повёл нас к машине.

Когда мы вернулись в хижину, мистер Джефферсон сказал, чтобы мы с Роули немедленно отправлялись спать. И это было просто возмутительно, потому что на часах ещё даже восьми не было и на улице было светлым-светло.

Но мистер Джефферсон сказал, чтобы мы немедленно ложились и чтобы до утра он не слышал от нас ни звука. Роули принял это очень близко к сердцу. Судя по всему, это были его первые контры с отцом.

Я решил немного разрядить обстановку. Я походил по жёсткому ворсистому ковролину, а потом ради прикола ударил Роули разрядом статического электричества.

Это, по-видимому, встряхнуло Роули. Он тоже походил
кругами по ковролину, шаркая по нему ногами,
а потом вернул мне должок, когда я чистил зубы.

Я не мог смириться с тем, что Роули меня переиграл,
поэтому, когда он лёг в кровать, я взял его шарик
с резинкой, оттянул толстенную резинку и отпустил её.

Если бы мне пришлось это повторить, то, наверное, я бы не тянул так сильно.

Когда Роули увидел красное пятно у себя на руке, он начал вопить, и я понял, что это привлечёт внимание. Ну, конечно, через пять секунд его родители уже были тут как тут.

Я попытался объяснить, что красное пятно на руке у Роули было от резинки воздушного шарика, но для Джефферсонов это, по-видимому, не имело никакого значения.

Они позвонили моим родителям, и через два часа приехал папа и забрал меня домой.

Понедельник

Папа страшно злится, что ему пришлось за мной ехать и потратить четыре часа на дорогу туда и обратно. Но мама была само спокойствие. Она сказала, что инцидент, произошедший между мной и Роули, был просто дурачеством и что она рада, что мы с ним снова приятели.

Но папа продолжает злиться, и отношения между нами стали довольно прохладными. Мама пытается подыскать нам какое-нибудь совместное занятие – она считает, что мы, к примеру, могли бы сходить в кино, чтобы помириться, но я думаю, что именно сейчас нам с папой лучше всего держаться друг от друга подальше.

Мне думается, что папа ещё долго будет хандрить, и дело здесь не только во мне. Когда я открыл сегодняшнюю газету, вот что я увидел в рубрике «Искусство»:

Искусство

Любимый комикс возвращается

Сын автора комикса « Милый малыш» продолжит дело своего отца.

Тайлер Пост станет автором новой серии комикса «Милый малыш», первый выпуск которого выйдет на следующей неделе.

В силу невероятного стечения обстоятельств Тайлер Пост, сын Боба Поста, карикатуриста и автора «Милого малыша», примет эстафету и продолжит выпуск долгоиграющего комикса, над которым трудился его отец.

«Я сидел без работы и не строил никаких грандиозных планов, так что в один прекрасный день я подумал: «А что тут мудрёного?» – сказал тридцатидвухлетний Тайлер, проживающий со своим отцом. Согласно широко распространённому мнению, прототипом персонажа комикса «Милый малыш» является

читайте далее: «Милый малыш» стр. А2

Также в рубрике: у жителей дома престарелых большая радость стр. А3

Вчера вечером папа зашёл ко мне в комнату, чтобы со мной поговорить, – за последние три дня это была наша первая беседа. Он сказал, что хочет быть уверенным, что в воскресенье я буду поблизости, и я ему это пообещал.

Позже я услышал, как он разговаривает с кем-то по телефону, и мне показалось, что разговор был секретным.

После этого я спросил у папы, не собирается ли он отвезти меня куда-нибудь в воскресенье, и мне показалось, что мой вопрос его смутил. Он ответил, что «нет», но глаза у него бегали.

Я понял, что папа сказал неправду, и забеспокоился. Однажды папа уже собирался отправить меня в военную академию, так что в этом смысле от него можно было ждать чего угодно.

Я не знал, что мне делать, поэтому рассказал Родрику о том, что происходит, и спросил, есть ли у него какие-нибудь идеи насчёт того, что замышляет папа. Родрик ответил, что должен подумать, и вскоре пришёл ко мне в комнату и закрыл за собой дверь.

Родрик сказал, что, кажется, папу так разозлила эта история с Роули, что он решил от меня избавиться.

Я не очень-то ему поверил, потому что Родрику далеко не всегда можно верить на сто процентов. Но Родрик сказал, что если я ему не верю, то мне стоит заглянуть в папин ежедневник и самому во всём убедиться. Поэтому я отправился в папин кабинет и посмотрел, что у него записано в ежедневнике на воскресенье, и вот что я обнаружил:

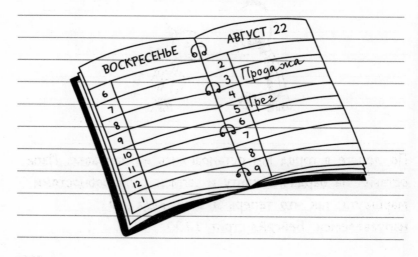

Я почти не сомневаюсь, что к этому приложил руку Родрик, потому что почерк уж больно смахивал на его. Но папа – чувак непредсказуемый, так что, думаю, мне просто нужно дождаться воскресенья, чтобы выяснить всё наверняка.

Воскресенье
Папа не продал меня и не отдал в приют – это хорошая новость. А плохая – он вполне может это сделать после того, что случилось.

Около десяти часов утра папа сказал, чтобы я сел в машину, потому что он хочет отвезти меня в город. Когда я спросил его: «Зачем?» – он ответил, что это сюрприз.

По дороге в город мы остановились на заправке. Папа оставил на бардачке карту и записи с подробностями маршрута, так что теперь я знал, куда мы направляемся: Бейсайд-стрит 1200.

Я страшно запаниковал и впервые в жизни воспользовался своей «Божьей коровкой».

Я как раз закончил свой телефонный разговор, когда папа снова сел за руль, и мы направились в город. Жаль, конечно, что я не рассмотрел карту повнимательнее, потому что, когда мы затормозили на Бейсайд-стрит, я понял, что мы приехали на бейсбольный стадион. Но было уже слишком поздно.

Оказывается, мама купила нам билеты на бейсбольный матч для укрепления отцовско-сыновьих отношений, и папа хотел сделать мне сюрприз.

Но чтобы объяснить всё это копам, папе пришлось потратить немало времени. После того, как он всё уладил, ему расхотелось смотреть бейсбольный матч, и он просто отвёз меня домой.

Чувствовал я себя довольно паршиво, потому что места у нас были в третьем ряду, и, надо думать, мама отдала за них кучу денег.

Я наконец-то выяснил, кому папа звонил на днях. Папа звонил бабуле, и они говорили о Пупсе, а не *обо мне.*

Мама с папой решили отдать собаку бабуле, и папа отвёз к ней Пупса в воскресенье вечером. По правде сказать, я сильно сомневаюсь, что по нему здесь будут скучать.

После поездки на бейсбольный матч мы с папой не разговариваем, и я постоянно ищу предлоги слинять из дома. Вчера я нашёл просто потрясающий предлог. Я увидел по телевизору рекламу магазина «Мир игр» — того самого, где я покупаю все видеоигры.

Они проводят конкурс, в котором участвуют местные филиалы, и, если вы его выигрываете, то выходите в следующие туры – уже в масштабе всей страны. Победитель ВСЕХ ТУРОВ получает миллион баксов.

В нашем магазине конкурс проводится в субботу. Не сомневаюсь, что там будет куча народу, так что мне придётся встать ни свет ни заря, чтобы забить место в очереди.

Этому фокусу меня научил Родрик. Всякий раз, когда ему нужно достать билеты на концерт, он разбивает лагерь накануне вечером. Как раз в одну из таких ночёвок он и познакомился с солистом своей рок-группы Биллом.

Роули без конца ходит в походы со своим папашей, поэтому я знал, что у него есть палатка. Я позвонил Роули и рассказал ему про конкурс видеоигр и про то, каким образом мы можем выиграть миллион баксов.

Но, разговаривая с Роули по телефону, я чувствовал, что он нервничает. Думаю, ему не давали покоя мои сверхспособности по передаче электроволн, поэтому, чтобы его успокоить, мне пришлось пообещать ему, что я не буду использовать их против него.

Но и после этого моя идея с палатками продолжала настораживать Роули. Он сказал, что мама с папой запретили ему видеться со мной до конца лета.

Это не стало для меня большой неожиданностью, и у меня даже имелся план, как эту проблему решить. Я сказал Роули, что расскажу родителям, что отправлюсь к нему в гости с ночёвкой, а он может сказать своим родителям, что отправится с ночёвкой к Колину.

Роули ВСЁ НИКАК не мог решиться, поэтому я сказал, что принесу ему большую упаковку мармеладных мишек, если он составит мне компанию, и этим его купил.

Суббота

Вчера, в девять часов вечера, мы встретились с ним на вершине холма. Роули принёс походное снаряжение и спальный мешок, а я принёс фонарик и парочку шоколадных энергетических батончиков.

Мармеладных мишек у меня с собой не было, но я пообещал Роули, что куплю ему их при первой же возможности.

Когда мы добрались до магазина «Мир игр», то обнаружили, что, кроме нас, больше никто не пришёл, и мне даже не верилось, что нам так крупно повезло.

Мы разбили палатку перед магазином, чтобы никто не занял наше место.

Потом мы стали наблюдать за входной дверью, чтобы не позволить кому бы то ни было просочиться.

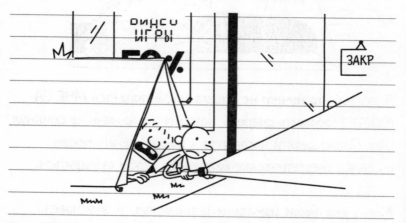

Я смекнул, что, чтобы наше место никто не забил, лучше всего будет устроить ночное дежурство. Я даже сказал, что подежурю первым, а Роули пока может поспать, потому что такой уж я человек.

Когда моя смена закончилась, я разбудил на дежурство Роули, но через пять секунд он опять провалился в сон. Тогда я его растолкал и сказал, что ему нужно глядеть в оба.

Роули даже не потрудился сказать что-либо в своё оправдание.

ДА Я ВООБЩЕ ВИДЕОИГРЫ НЕ ЛЮБЛЮ!

Я решил, что ничего не поделаешь, – придётся МНЕ СА-МОМУ сторожить очередь, поэтому я всю ночь не сомкнул глаз. Около девяти часов утра я начал клевать носом и слопал энергетические батончики, чтобы взбодриться.

Мои руки были измазаны шоколадом, и это навело меня на одну мысль. Я приподнял полог палатки, запустил руку внутрь и начал изображать паука.

Я подумал, что будет прикольно, если Роули примет мою руку за бурую руку. В палатке было тихо, поэтому я решил, что Роули ещё спит. Но, прежде чем я успел отдёрнуть полог и убедиться в этом, мою руку раздробили на мелкие частички.

Я вытянул руку из палатки – мой большой палец становился багровым на глазах.

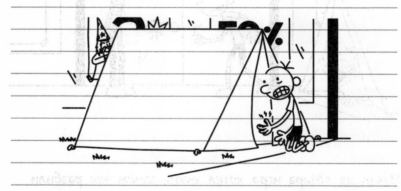

Я страшно разозлился на Роули. Не потому, что он тяпнул меня молотком по пальцам, а потому, что он полагал, будто это может остановить бурую руку.

Каждый дурак знает, что бурую руку может остановить только пламя или кислота. А молоток может её только разъярить.

Я хотел было растолковать это Роули, но тут пришёл чувак из «Мира игр» и открыл магазин. Стараясь не обращать внимания на пульсирующую боль в большом пальце, я сосредоточился на цели, ради которой мы пришли.

Чувак из «Мира игр» хотел знать, зачем мы разбили перед магазином палатку, и я сказал, что мы разбили её затем, что хотим принять участие в конкурсе видеоигр. Но он даже не понял, о чём идёт речь.

Поэтому мне пришлось показать ему постер с их витрины, чтобы он быстрее сообразил.

Продавец сказал, что вообще-то их магазин не готовился к проведению конкурса видеоигр, но раз нас только двое, то мы можем поиграть друг с другом в задней комнате.

Сначала это немного меня возмутило, но потом я смекнул, что всё, что мне нужно для победы в конкурсе, это обыграть Роули. Продавец усадил нас за смертельный бой в «Кручёном колдуне». Я чуть ли не сочувствовал Роули, потому что был настоящим профи в этой игре. Но когда мы начали играть, я понял, что мой большой палец так распух, что я не могу нажимать кнопки на пульте. Всё, что я мог делать, это бегать кругами, а Роули отстреливал меня снова и снова.

Роули разгромил меня со счётом 15:0. Продавец сказал, что он победитель и у него есть выбор: он может заполнить анкету на участие в следующем туре или получить огромную коробку изюма в шоколадной глазури.

Бьюсь об заклад, вы уже догадались, что выбрал Роули.

<u>Воскресенье</u>

Знаете, мне следовало бы придерживаться своего первоначального плана сидеть дома, потому что все мои летние неприятности начались именно тогда, когда я вышел за порог.

Я не видел Роули с тех пор, как он украл у меня победу в конкурсе видеоигр, а папа не разговаривает со мной с того самого дня, как я чуть было не упёк его за решётку.

Но мне кажется, что сегодня в наших отношениях наметился сдвиг. Помните ту статью в газете – о том, что «Милый малыш» переходит от отца к сыну?

Так вот, первый комикс сынка вышел в сегодняшнем номере, и, похоже, этот новый «Милый малыш» в сто раз хуже старого.

218

Папуля, ты не мог бы протолкнуть подальше мой ик-ульчик?

Я показал его папе, и он со мной согласился.

Именно в этот момент я понял, что контакт между нами налаживается. Возможно, мы с папой расходимся по многим пунктам, но, по крайней мере, в главном мы совпадаем.

Быть может, кто-то скажет, что ненависть к комиксу – это не слишком прочный фундамент для взаимоотношений, но дело в том, что, кроме «Милого малыша», есть МАССА других вещей, которые мы с папой терпеть не можем.

Возможно, у нас с ним не очень близкие отношения, но меня это вполне устраивает. Мне довелось узнать, что такое – ОЧЕНЬ близкие отношения.

Я понял, что летние каникулы заканчиваются, когда мама вклеила в альбом последнюю фотку. Я полистал его и скажу вам откровенно: мне не кажется, что он очень уж достоверно отражает события нашего лета. Но тут, видно, всё дело в том, что тот, кто делает картинки, делает их затем, чтобы рассказать свою историю.

Лучшее лето в нашей жизни!

Ребята из клуба «Чтение — это весело» говорят «нет» видеоиграм.

Теперь Грегори не может оторваться от чтения!

Грегори играет в прятки со своим летним приятелем.

«Именно то, что я хотел!»

Три поколения мужчин семейства Хэффли укрепляют семейные узы за ланчем.

Родрик говорит: «Кому нужен этот пляж?»

ВЕСЁЛЫЕ

ГОРКИ

Четвёртое июля — волшебный день.

БЛАГОДАРНОСТИ

Спасибо всем фанатам серии «Дневник слабака» за то, что они вдохновляют и мотивируют меня сочинять мои истории. Спасибо всем книжным магазинам страны за то, что благодаря им мои книги оказываются в руках у детей.

Спасибо моей семье за любовь и поддержку. Это очень здорово, что вы приобщились к моему начинанию.

Спасибо всем ребятам из «Абрамс», которые потратили немало сил, чтобы эта книга увидела свет. Персональное спасибо – Чарли Кочману, моему редактору; Джейсону Уэллсу, директору по рекламе, и Скотту Ауэрбаху, великолепному управляющему редактору.

Спасибо всем сотрудникам голливудской киностудии за их неутомимый труд, благодаря которому Грег Хэффли обрёл экранную жизнь. Отдельное спасибо – Нине, Брэду, Карле, Рили, Элизабет и Тору. А также – Сильви и Киту за их помощь и наставничество.

ОБ АВТОРЕ

Джефф Кинни – разработчик и дизайнер онлайн-игр, а также автор книги «Дневник слабака», бестселлера № 1 по версии New York Times. В 2009 году журнал Time включил Джеффа в список ста самых влиятельных людей мира. Детство автора прошло недалеко от Вашингтона, округ Колумбия, а в 1995 году он переехал в Новую Англию. В настоящее время Джефф живёт в южной части штата Массачусеттс с женой и двумя сыновьями.